I0646978

CHARLES ROUSSEL

SOUVENIRS

D'UN

ANCIEN MAGISTRAT

D'ALGÉRIE

PARIS

A. CHEVALIER-MARESCQ ET Cie, ÉDITEURS

20, RUE SOUFFLOT, 20

1897

SOUVENIRS

D'UN

ANCIEN MAGISTRAT

D'ALGÉRIE

IMPRIMERIES E. SOUDÉE

TOURS ET MAYENNE

CHARLES ROUSSEL

SOUVENIRS

D'UN

ANCIEN MAGISTRAT

D'ALGÉRIE

PARIS

A. CHEVALIER-MARESCQ ET Cie, ÉDITEURS

20, RUE SOUFFLOT, 20

—

1897

CONSIDÉRATIONS GÉNÉRALES

SOUVENIRS

D'UN

ANCIEN MAGISTRAT D'ALGÉRIE

CONSIDÉRATIONS GÉNÉRALES

L'Algérie offre un curieux champ d'observations au moraliste. Chez tous ceux qui en
ont écrit, même les plus superficiels, on peut
trouver une ample moisson de traits de mœurs
et de caractère, et c'est souvent par ce côté que
leurs ouvrages se rendent le plus attachants.
Entre les immigrants et les indigènes il y a de
tels contrastes que l'esprit le moins éveillé en
est tout d'abord frappé. On s'aperçoit ensuite
des différences, quelquefois de certaines anti-
nomies qui existent entre les diverses races ou
catégories de l'indigénat ; toutefois celles-ci
ont des points communs par lesquels elles se
relient si étroitement les unes aux autres que,

chercher à les séparer de manière à en faire des unités isolées, autonomes et opposées, serait sans aucun doute une tentative illusoire.

Les Musulmans, de quelque groupe social distinct ou de quelque secte religieuse qu'ils se réclament, habitants de la plaine, de la montagne, des villes ou des oasis, forment un ensemble lié et compact. N'y eût-il d'autre explication à en donner que la persistance sur tous les points de la circonférence des mêmes idées morales, cette explication serait suffisante. C'est là la base de l'amalgame. Le *Coran*, d'où ces idées dérivent, a fondé et soudé tous ces éléments, dont quelques-uns étaient peut-être originairement fort disparates. Tant qu'elles n'auront point changé, l'on s'évertuera en vain à désagréger un milieu si cohésif. On fera naître des rivalités d'intérêts, on provoquera des luttes armées entre Kabyles et Arabes, ou dans le sein d'une même tribu, on créera des *Sofs*; mais ce ne seront que des dissentiments passagers, restera un ciment indestructible et, à un moment donné, le faisceau se reconstituera tout entier de lui-même. L'affirmer n'est point prédire, c'est se souvenir. L'histoire des insurrections atteste péremptoirement l'immuable et irréductible ténacité de ce vieux levain au fond des âmes.

Peut-être en a-t-on fini avec les levées de

boucliers, ou du moins ne paraissent-elles
pas à craindre de bien longtemps en l'état de
dépression où se trouve aujourd'hui réduit
l'indigénat musulman ; mais la guerre n'existe
pas uniquement par le fait des conflits san-
glants, elle est dans le désaccord des esprits,
dans la divergence des aspirations et des vo-
lontés qui résultent de l'écart des principes
de morale. Partout où manque à cet égard l'u-
nité de vues et de direction, la paix sociale n'est
qu'en surface. Les idées morales des Musulmans ne sont pas celles des peuples chrétiens.

Non qu'ils ne pensent, comme nous, que
s'approprier le bien d'autrui, tuer son semblable, sont des actes illicites, et qu'ils n'aient
en conséquence un droit civil et un droit
pénal ; mais le vol, l'homicide, le viol, que
nous jugeons toujours condamnables, leur
apparaissent quelquefois comme des actes
méritoires.

Duper, massacrer un infidèle, le croyant,
non seulement, ne s'en fait nul scrupule, mais
il a la conviction d'être par là agréable à son
Dieu. Ces tendances sont combattues par certaines traditions de générosité, par de nobles
sentiments individuels, par d'autres mobiles
moins honorables. Ainsi, la peur du gendarme
arrête beaucoup de mauvaises actions, mais
le Musulman n'est point insensible aux bons

traitements, il a la reconnaissance des bienfaits reçus, enfin il met son amour-propre à la pratique de la vertu d'hospitalité. Si la griserie du combat peut, aux heures où la poudre parle, lui faire oublier ses devoirs de gratitude, jamais il ne trahira l'hôte qui dort sous son toit ou le voyageur placé sous sa garde. De même, s'il ment effrontément en justice, s'il est vénal au point de vendre son témoignage, qu'il s'agisse de déposer, soit pour ou contre un Européen, soit pour ou contre un coreligionnaire, quand il a donné sa parole et fait une promesse, en règle générale, il les tient. Même aux moments où il est le plus exalté et irrité, on peut toucher son cœur, apaiser sa colère, en implorant son assistance.

Les exemples de sa grandeur d'âme ne manquent pas. Au début de l'insurrection de 1871, le fameux Mokhrani, Bach-agha de la Medjana, l'un des chefs du mouvement, avertit des Européens avec lesquels il avait des relations amicales. Sans révéler la défection qu'il préparait, il les engagea à temps à s'enfuir, et plus d'un lui dut son salut. On rapporte notamment qu'un entrepreneur de travaux publics, dont les chantiers étaient dans son voisinage, invité à faire partir ses ouvriers, lui disant qu'il n'avait pas d'argent pour les payer, Mokhrani lui avança des fonds. Quelques-uns profitèrent de l'avis, d'autres qui ne croyaient pas à l'imminence du danger, ayant voulu rester, furent égorgés. On contait qu'à la même époque un enfant Espagnol, qui avait échappé par la fuite au massacre de sa famille, fut trouvé dans la campagne, exténué et mourant de faim, par un indigène dont le bras se levait déjà pour le frapper, lorsque l'enfant lui demanda du pain. L'indigène lui donna à manger et le conduisit jusqu'aux environs de Sétif, où le petit malheureux put arriver sain et sauf et fut recueilli par des amis de ses parents.

Un chef du service topographique me disait qu'un de ses agents, fuyant le soulèvement, se réfugia dans un douar au moment où l'on était en train d'y prendre les armes. Il se mit sous la protection du cheik qu'il connaissait. Celui-ci lui donne à choisir de rester comme otage, ou de se faire accompagner jusqu'à la limite territoriale de la circonscription; il opta pour ce dernier parti. On l'escorta jusqu'à cet endroit, où il entrait en pays paisible.

Quant à leur fidélité à la parole donnée, je l'ai éprouvée, sans avoir à m'en repentir, dans des circonstances qui sont particulièrement à noter.

J'ai toujours appliqué le moins possible la détention préventive, et très souvent j'en exemptais totalement les indigènes. Voici comment les choses se passaient : l'instruction à peu près terminée, un inculpé sur le point d'être arrêté me suppliait, dans l'intérêt de sa famille qui allait pâtir de son emprisonnement, de le laisser libre afin de pouvoir travailler jusqu'au moment où la justice aurait à statuer, me promettant de se représenter à toute réquisition. Dans l'impossibilité d'exiger une caution pécuniaire, je m'adressais au chef du douar ou de la tribu, qui s'engageait à le surveiller, à le faire avancer à l'ordre et à me l'amener au besoin. L'inculpé, ne voulant pas trahir la foi de ses coréligionnaires et se sentant d'ailleurs tenu à l'œil, mettait son honneur à s'exécuter ponctuellement. Ils ne m'ont fait faux bond que deux fois. Un jour l'homme que j'attendais ne se présenta pas le lendemain non plus. Il y avait à cela la meilleure des raisons : il était mort dans l'intervalle. La seconde fois le délinquant ne comparut que trois jours après.

« J'avais, me dit-il, à traverser la Mekerra « qui était débordée. J'ai attendu du matin au « soir, sur le bord, que l'eau s'écoulât, elle « grossissait toujours. Alors j'ai rebroussé, et « je suis allé à Bel-Abbès. Je me suis présenté « au greffe de la Justice de paix, où j'ai exposé « mon embarras, demandant une attestation. « Le greffier m'a répondu que j'étais fou,

« mais le juge m'a écouté et donné cette « *carta* ». En même temps il me remettait une lettre de ce magistrat.

La même loi qui ordonne au Musulman l'extermination de l'infidèle, lui prescrit la charité envers toute créature, même envers les bêtes qu'elle défend de tuer sans nécessité. Il obéit à ce double commandement. Loi et morale dictées par la religion, me direz-vous. — Oui, mais citez-moi quelque part une morale publique étrangère à tout enseignement religieux. Sans doute les religions, les lois, les mœurs sont des résultantes. Elles procèdent du caractère, du tempérament de la race, mais elles réagissent à leur tour sur la race pour la déformer ou la redresser. La caractéristique principale du monde de l'islam, c'est un extrême développement du sens religieux, et la prédominance de cette disposition de nature, cultivée par l'éducation, ne se manifeste peut-être nulle part avec plus d'énergie que parmi les populations musulmanes de l'Algérie. On sait qu'elles rapportent à Dieu le gouvernement de ce monde. Chacun y rapporte aussi le gouvernement de sa propre personne. Le Musulman n'est pas long à vous dire : « Si j'ai bien ou mal agi, c'est que Dieu l'a voulu. »

Sa conception de la justice porte particulièrement l'empreinte de cette tournure

d'esprit. Elle est moins à ses yeux un pouvoir
social qu'un attribut divin. Elle s'exerce par
des hommes, en vertu d'une mission confiée
au chef de la Société temporelle par la Divi-
nité, qui n'intervient pas directement ici-bas
dans le règlement des affaires humaines ; il a
fallu instituer des magistrats pour la bonne
répartition des fonctions gouvernementales,
mais c'est simplement une règle de division
du travail, et le Sultan peut réviser toutes les
sentences, toute justice émane de lui et re-
monte à lui. Il semble bien qu'étant donné ce
pli de l'esprit, un Musulman devrait toujours
accepter sans plainte ni murmure la décision
du juge, et cependant ils ne cessent de crier
contre les leurs, les accusant de toute sorte
d'iniquités. « Le cadi est indigne de rendre
« la justice, il la vend. » Et ils récriminent
souvent avec raison. Quand le souverain, dont
les arrêts sont sans recours, a prononcé, je ne
sais si jamais leur conscience ne proteste,
mais ils s'inclinent avec une résignation fata-
liste. « Dieu l'a voulu, C'était écrit. »

La part de piété qui se rencontre dans leur
obéissance à cette autorité sert sans doute à
expliquer comment ils ont pu séculairement
supporter sans révolte les barbares pénalités
de leurs coutumes. L'on sait que les Musulmans ont une législation civile qui forme un

corpus juris très copieux ; il n'en est pas
de même pour leur droit pénal. J'ignore s'il
existe quelque recueil qui en relate les édic-
tions, mais il est connu de tout le monde
qu'ils avaient à cet égard des procédés très
sommaires, consistant surtout à infliger des
bâtiments corporels, tout à l'arbitraire du
cadi, le plus fréquemment la bastonnade, la
mutilation, en de nombreux cas, la mort. On
coupait la tête aux gens pour des faits auxquels nous appliquons une sanction beaucoup
plus indulgente, et même pour des actes qui
n'ont, à nos yeux, aucune valeur morale, ainsi
de simples incongruités. A la fin d'un dîner,
une éructation est accueillie par des saluts.
Votre hôte la tient pour un rapport favorable
qu'émet votre estomac sur le repas qu'il vous
a offert. Mais si, par malheur, le son se trompe
de chemin et s'échappe par un autre orifice,
ç'est une mortelle injure envers l'assistance (1).
De pauvres diables ont subi le dernier supplice pour ce manquement aux convenances.
Je demandais un jour à un cadi, qui passait
pour savant jurisconsulte, quelques explications sur le droit criminel musulman, ses
principes, ses dispositions, etc... « Nous avons

(1) V. La justice en Algérie, les Tribunaux indigènes. *Revue des Deux-Mondes*, 1er août 1876.

« toujours considéré, me répondit-il, qu'il
« fallait avant tout réparer le mal. Si la partie
« lésée acceptait une *Dia* (compensation en
« argent, prix du sang), la justice n'intervenait
« guère. Quand il n'y avait pas moyen de s'ar-
« ranger, elle prononçait, suivant que le fait
« lui paraissait plus ou moins grave, des res-
« titutions pécuniaires, l'ensilotement, la bas-
« tonnade, la mort. — « Punissait-on l'adul-
« tère ? — C'était possible et cela a dû arriver ;
« mais on laissait plus volontiers l'époux
« outragé ou ses parents se charger du soin de
« la vengeance. » Il ajouta que le talion était
dans les usages, et que les cadis avaient souvent l'occasion de condamner à mort. Il est
certain que ces magistrats faisaient un tel abus
de la peine capitale que nous avons dû leur
interdire de la prononcer en aucun cas (1845).
Déjà, en 1841, on leur avait enlevé la connaissance des infractions de droit commun, mais
ils continuaient d'envoyer à la mort sous d'autres prétextes, notamment le sacrilège. Notre
mansuétude à l'égard des délits religieux
causa même une grande surprise.

Si la religion corrige quelquefois des ins-
tincts pervers et inspire de louables actions, elle
n'a pas toujours le pouvoir d'amender en tous
sens ses plus fervents adeptes, et cette société
musulmane, si éminemment religieuse, montre,

à côté de réelles vertus, une corruption
lamentable. Elle est profondément démorali-
sée du haut en bas, et sa dépravation semble
s'accroître à mesure que l'on descend les degrés
de l'échelle. L'ignorance des rangs inférieurs,
la tyrannie chronique des couches superpo-
sées qui pesait sur eux expliquent et excu-
sent cette dégradation progressive. Les petits
n'ont que les ressources de l'astuce pour se
défendre et leur imagination sans cesse
aux aguets, est fertile en expédients. Les
pires exemples, venus de ceux dont ils n'en
devraient recevoir que de bons, et qui leur
enseignent la duplicité, la cruauté, toutes les
pratiques malhonnêtes et criminelles, contri-
buent certainement pour une large part à obli-
térer chez eux un sens moral déjà énervé par
les souffrances de la misère.

C'est surtout dans l'exercice des fonctions
judiciaires, soit au prétoire, soit dans le cabinet d'instruction, et d'autant mieux qu'on se
trouve plus rapproché du sujet, qu'on peut
plus directement et familièrement l'interpel-
ler, que l'on a les moyens d'établir une enquête sur les ressorts moraux de cette société.
Devant la justice elle se livre, en ce sens qu'il
n'y a pas une sinuosité de cet organisme
obscur qui, à un instant donné, ne se révèle.
Les mobiles des actions, le fond des esprits

s'y dénoncent dans le choc des intérêts, sous
la poussée des passions et par d'autres causes
encore, et c'est le terrain de choix pour l'observation psychologique. La conclusion ne se
présente assurément pas toujours avec une
netteté parfaite, il faut la réflexion pour la
dégager, mais on arrive à des données fermes
qui récompensent de l'effort qu'on a fait.

L'anecdote vraie a une valeur documentaire,
et ces *souvenirs*, recueillis entre les années
1861 et 1870, qui contiennent des scènes de
mœurs, montrent des traits de caractère, sont
des renseignements en quelque sorte signa-
létiques pouvant donner du jour sur l'âme
arabe, cette âme à la fois simple et complexe,
simple en sa structure globale, si l'on peut
parler ainsi, complexe par ses infinis replis.

Nous ne nous sommes pas bornés à rappeler
des faits enregistrés à l'audience ou au cours
d'actes de procédures préalables, il nous a
paru que quelques détails puisés dans la vie
courante pouvaient aussi offrir un certain intérêt. Enfin, si l'élément indigène occupe la
principale place dans ce travail, nous avons
cru pouvoir, en passant, noter latéralement
quelques particularités pittoresques emprun-
tées à l'existence des autres groupes.

Reste à nous excuser du sempiternel emploi de cet insupportable pronom *je* ou *moi*,

qui vous place en insolente vedette, et a été si
justement taxé de haïssable par Pascal ; mais
affecter de se mettre à la neutre troisième
personne, quand on a été l'active première,
est une manière de pose qui ne dissimule pas
l'individualité du témoin et dont on peut
laisser l'artifice aux imitateurs de César ; il
est plus simple et plus sincère de signer sa
déposition.

« La criminalité est une éprouvette », a dit
je ne sais plus qui. Un autre la compare à un
thermomètre, et Donoso Cortès à un plateau
de balance. Même idée sous figures différentes. Ce n'est pas de celle qui mesure les
degrés de la perversité individuelle qu'ils ont
surtout entendu parler, mais de la criminalité
moyenne observée dans un milieu déterminé,
et prise comme une des expressions de la
collectivité sociale. Il en est du monde moral
comme du monde physique, qui présente sur
notre globe des zones fertiles et des régions
désolées, des contrées salubres et des coins
malsains, où la peau humaine n'a pas partout
une coloration uniforme, où les lignes du visage, la forme du crâne, les nuances du teint
et des cheveux et d'autres signes corporels
font distinguer, sous l'unité du genre, des types
de race divers. De même la conscience des
foules offre des phénomènes variés. La thèse

philosophique d'après laquelle il n'y a ni bien
ni mal peut pratiquement s'accorder avec les
doctrines fatalistes. Entre la négation de cette
distinction sur laquelle repose toute morale et
la pensée qu'on n'est pas libre de ses actes,
qu'on obéit à une force inéluctable, appelée
Dieu ou destin, la distance ne paraît point
infranchissable.

Celui qui se considère comme l'aveugle
instrument d'une volonté dirigeant souverainement toutes choses se tient pour absous
d'avance, et ne peut avoir pour l'existence
d'autrui le même respect que l'homme persuadé de sa propre liberté. Mais la nature
humaine n'est point l'esclave des théories
abstraites ; elle échappe à leurs conséquences
par des impulsions mystérieuses, qui ne sont
au fond qu'une affirmation spontanée de la
liberté, et les plus convaincus adeptes du
dogme de la prédestination se comportent
comme s'ils croyaient à la réalité du bien et du
mal, ainsi qu'à celle du plaisir et de la douleur, ils agissent comme s'ils se sentaient
responsables, sans s'inquiéter de la contra-
diction entre leurs principes et leur conduite.
Toutefois, il n'y a pas de cause absolument
sans effets, et cette conviction que ni eux-
mêmes ni leurs semblables ne sont les maîtres
de leurs actions, l'habitude d'y puiser des

arguments pour se défendre, les amène à un certain mépris de la vie humaine, qui les rend légers sur l'effusion du sang. C'est ainsi que la proportion des crimes contre les personnes l'emporte de beaucoup chez les Musulmans en comparaison des autres groupes sociaux. Le Musulman tue par esprit de représailles, pour se venger d'un mal qu'on lui a fait ; par jalousie et ambition, pour se délivrer de rivalités gênantes ; par cupidité, pour voler ; en des circonstances particulières et à certains moments, par fanatisme religieux.

Ces mêmes mobiles sont, à la vérité, chez tous les peuples, des causes impulsives et déterminantes de l'homicide ; il n'y a de différence que dans la facilité et la fréquence des attentats ; mais ici la pression de l'ambiance en favorise singulièrement la perpétration. Nous savons que le Musulman met toujours un peu de piété dans le meurtre de celui qui, sans combattre activement sa foi, n'y adhère point. Comment s'en étonner quand il est avéré que quelquefois, en pleine paix, ils immolaient des victimes humaines à leurs passions religieuses ! En 1871, à Constantine, un juif, ayant rencontré sur la voie publique un débiteur Musulman qui faisait sourde oreille à ses réclamations, lui adressa quelques paroles désagréables. « Oublies-tu donc, s'écria

« l'autre, qu'à pareil jour autrefois nous avions
« coutume de brûler un juif, ton tour est venu ;
« allons, pourceau, à la fournaise ». Et aidé de
quelques coreligionnaires, que la dispute
avait attroupés, il entraînait le malheureux
vers le four flambant d'un boulanger. Celui-
ci put heureusement fermer sa boutique et,
avec le concours de ses ouvriers, résister aux
assiégeants jusqu'à l'arrivée de la force publique.

J'étais alors préfet du département, j'avais
la responsabilité de l'ordre public. Je fus tout
de suite informé. J'empêchai la police de verbaliser, parce qu'un procès pouvait soulever
des incidents graves, et qu'il fallait avant tout
maintenir la paix entre les citoyens, à une
époque où l'insurrection indigène rétrécissait
chaque jour son cercle autour de nous. Mais
je fis venir l'Arabe cause du tumulte, pour
l'admonester. « Nous autres *hadars* (citadins),
« me dit-il, nous sommes avec les Français, et
« nous y avons quelque mérite en présence
« des excitations et des menaces qui nous arri-
« vent continuellement du dehors, mais si
« cette vermine juive peut impunément nous
« injurier dans la rue, nous sortirons de la
« ville, et nous irons rejoindre nos frères.
« D'ailleurs, cet homme est un voleur ; il m'a
« pris trois fois par les intérêts le capital

« prêté, et je ne lui dois que des coups de
« bâton. »

Je me suis enquis auprès d'israélites âgés,
nés et ayant toujours vécu en Algérie. Ils m'ont
répondu que l'Arabe disait vrai, que du temps
des Turcs et même dans les commencements
de notre domination, il était permis aux Musulmans, le jour d'une de leurs fêtes, de supplicier
un juif, celui qu'ils rencontraient le premier
dans la rue, ou tout autre qui se dévouait à sa
place.

Ces dispositions violentes, nées et dévelop-
pées sous l'influence permanente de l'habitat
et des idées morales, s'exaspèrent à certains
jours où soufflent sur les tribus des vents de
haine et de colère. Alors, les masses cèdent à
un entraînement instantané, se communiquant
d'un individu à l'autre, par une commotion en
quelque sorte électrique, dominatrice, irrai-
sonnée, comme celle qui produit sur les champs
de bataille cette ardeur qu'on appelle le courage des coudes, ou à l'inverse, les paniques.
C'est généralement à la veille des prises d'armes, lorsque la rébellion circule dans l'air et
va éclater. Elle a pour prodromes invariables
les pillages, l'incendie, le meurtre, et leur
multiplicité est un avertissement pour l'autorité.

La foule est complice de ces attentats isolés,

qui se répercutent sur tous les points où couve
la sédition ; elle les inspire et y applaudit, mais
elle n'y participe pas. Ce sont des malfaiteurs
solitaires, ou en petites bandes, qui s'y livrent.
Certains chefs plus avisés, ont quelquefois,
dit-on, recommandé de s'abstenir de tentatives
qui trahissaient les complots tramés. Leur
prudence s'est vainement heurtée contre les
impatiences populaires. Aux temps où les
Cours d'assises statuaient sans l'assistance des
jurés, ou plutôt faisaient elles-mêmes office de
jury, certains magistrats, tenant compte de la
force de ces influences ambiantes, concluaient
à une responsabilité atténuée et inclinaient à
modérer la répression ; d'autres, qui avaient
principalement en vue l'intérêt de la sécurité
publique, se montraient d'une inflexible sévérité.

Les juifs ne commettent pas de crimes bru-
taux. Leurs maximes religieuses défendent de
verser le sang, et d'ailleurs rendus timides à
l'excès par la persécution, ils ont dû plier plutôt que de lutter pour vivre, et, avec les mœurs
guerrières de leurs ancêtres bibliques, ils
auraient disparu depuis longtemps de l'humanité. Ils ont la spécialité de la banqueroute,
dans laquelle ils trouvent toujours des moyens
de s'enrichir, du faux commercial, de l'escroquerie, etc... Leurs façons cauteleuses, l'humi-

lité de leur attitude, leur duplicité et leur lâcheté proverbiales, leur attirent beaucoup de mépris et d'injures, mais on se rend compte, d'autre part, des services très réels qu'ils rendent au pays, et je n'ai jamais constaté contre eux, de mouvement populaire chez les Musulmans.

Un préjugé espagnol tient pour déshonoré l'homme qui ne venge pas une offense. Il a fait beaucoup de meurtriers et de victimes. L'Espagnol tue par amour et par amour-propre. Lorsque, sous la poussée de l'ivresse que leur procure une anisette extrêmement alcoolisée, dont ils font un usage immodéré, une dispute s'élève, au lieu de chercher à apaiser les contendants, les camarades les excitent, parce qu'ils vont assister à un duel, qui est pour eux un spectacle très intéressant. Celui qui reculerait serait méprisé comme lâche. Le combat, qui a lieu au couteau, ou au rasoir (beaucoup sont barbiers), se termine le plus souvent par la mort de l'un des adversaires. L'Espagnol est naturellement brave et il préfère vider la querelle dans une lutte à armes égales ; mais il a la rancune tenace, il tue aussi traîtreusement, et frapper par derrière un ennemi sans défense lui répugne moins que de laisser une injure impunie. La justice est quelquefois impuissante à réprimer, parce que tous s'entendent pour sauver le coupable. Avant qu'elle soit informée, ils l'ont embarqué sur une de ces balancelles dont on trouve chaque jour, quelqu'une en partance. Mais il est parfois poursuivi jusqu'en Espagne par un parent de la victime, qui lui demandera ses comptes dans leur pays.

Les Français et les immigrants de nationalités étrangères du centre et du nord de l'Europe, ne fournissent que très exceptionnellement à la Cour d'assises des causes émouvantes. On n'a guère à leur imputer des crimes de sauvagerie, et l'on relève surtout à leur encontre, comme à celle des juifs, des délits de civilisation, l'escroquerie, l'abus de confiance, le faux, etc..., qui supposent des rapports antérieurs de sociabilité. Ils sont indélicats et point méchants. Je n'ai constaté à leur charge que deux affaires susceptibles d'entraîner la peine capitale : la séquestration d'une femme par son mari dans les conditions du dernier alinéa de l'art. 344 du Code pénal ; un assassinat commis sur la personne d'un colon et dont on soupçonnait un individu mal famé et dangereux, avec qui la victime s'était querellée la veille. L'auteur de la séquestration fut condamné par la Cour d'assises d'Oran à une peine temporaire. L'inculpé d'assassinat, malgré des présomptions très graves, parvint à jeter des doutes dont il bénéficia, et il échappa à une condamnation, soit par suite d'un arrêt de non-lieu, soit par un verdict d'acquittement devant la Cour d'assises de Blidah, où la juridiction criminelle fonctionnait à cette époque.

On conçoit que, dans un pays où se rencontrent nombre d'aventuriers des deux sexes, et où règne par suite une assez grande liberté de mœurs, les crimes contre la pudeur soient relativement rares, parce que chacun y peut, sans difficulté et sans violence, trouver la pâture de ses besoins.

Pour des raisons analogues, l'infanticide y est, sinon tout à fait inconnu, du moins peu fréquent. Il y existe des institutions d'assistance qui fonctionnent généreusement, les colons se secourent volontiers les uns les autres, les salaires sont élevés, et les filles-mères peuvent sans peine nourrir leurs enfants jusqu'à l'âge où ils deviennent capables de travailler et alors, dans ce pays où les bras manquent, ils trouvent facilement un ouvrage rémunérateur. Il est d'autre part, moins malaisé que dans la métropole, à celles qui ont succombé de faire une fin honnête par le mariage. Les indigènes, si jaloux de leurs épouses, si rigoureux pour leurs infidélités, comprennent cependant la faiblesse féminine, la chute n'est pas à leurs yeux un obstacle absolu au lieu conjugal, et il en efface le souvenir. Des prostituées devenues femmes légitimes, prennent place au foyer dans les mêmes conditions d'honorabilité que leurs compagnes livrées vierges au mari, ou épousées veuves. On met même de la délicatesse à ne point leur rappeler le passé.

Quant aux colons, beaucoup passent légèrement sur la faute, et même quelques-uns savent gré de la preuve faite de la fécondité. On ne voit donc jamais de suicides parmi celles que des amants ont délaissées. Mais il y a des suicides masculins déterminés par le désespoir ou l'alcoolisme. J'en ai constaté deux tentatives chez des Arabes. Un inculpé, enfermé dans une cellule voisine du cabinet d'instruction, essaya de se pendre aux barreaux de la lucarne. Il fut décroché par un gendarme qui, entendant du bruit, regarda par le judas. Quelques jours après, dans cette même cellule, un indigène fut dépendu. Ce dernier dit qu'il lui était apparu un fantôme ou un ange qui lui avait ordonné de se donner la mort par strangulation.

En somme, l'Algérie est un pays où la sûreté personnelle ne fait pas défaut en temps ordinaire. Il faut se garder contre les voleurs, qui y pullulent, mais, en ne provoquant pas de représailles par des actes pour lesquels il n'y a point de pardon, on peut y vivre tranquille. Il y a même eu des moments où l'on disait couramment « qu'une femme « pouvait parcourir, sans crainte, les tribus « avec une couronne d'or sur la tête. » Cette formule hyperbolique, de l'invention des Arabes, n'eût peut-être pas été sans péril prise à la lettre, mais elle rendait un juste témoignage de la sécurité de l'heure présente.

DRAMES PASSIONNELS

DRAMES PASSIONNELS

I

Une femme indigène avait été assassinée dans un douar dépendant du territoire civil de Bou-Medfa. L'instruction n'offrit pas de difficulté. Un individu, étranger à la localité, s'était introduit de nuit sous une tente, en l'absence du maître. Tous dormaient, à l'exception d'un enfant de douze à quinze ans, qui, entendant du bruit près de l'orifice de la tente, se souleva sur son coude, et put voir un homme écarter le pan de laine servant de fermeture et armer un pistolet. Comme il allait crier, la détonation retentit et, à l'éclair du coup de feu, l'enfant reconnut l'auteur de la tentative criminelle. Avant que les voisins fussent réveillés

2.

et rassemblés, le malfaiteur put s'enfuir. On constata alors qu'une femme nommée Nedjema, n'appartenant pas au douar, mais parente des gens de la tente, qui y était en visite depuis la veille et devait prochainement repartir, avait été atteinte en plein cœur et tuée raide. La victime avait été frappée par erreur. Elle était inconnue du meurtrier, qui en voulait à d'autres, le maître ou la femme de celui-ci, qu'il avait recherchée en mariage et ne pouvait supporter aux bras d'un rival.

L'inculpé appartenait à la tribu des Sou-matahs, située en territoire militaire. Le caïd, que je fis inviter par exprès à me l'envoyer, me l'amena lui-même. J'avais prié ce chef de saisir et m'apporter toutes armes à feu qu'il trouverait chez le coupable désigné, il me remit un pistolet tout fraîchement chargé, portant cependant les traces d'un usage récent. Le canon en était en effet tout noirci à l'intérieur, et en y fourrant les doigts, on les retirait tachés de fumée. L'arme avait été rechargée précipitamment et de façon très défec-tueuse, ainsi que le constata le lendemain un armurier qui, en la déchargeant au moyen d'un tire-bourre, établit en même temps qu'elle contenait des fragments de papier provenant de la même feuille qu'un autre morceau de papier découvert dans la blessure. Il parut

aux magistrats de la Cour d'assises que cette
trouvaille, qui corroborait le témoignage de
l'enfant, attestait suffisamment la culpabilité
et, malgré ses dénégations, Kaddour-ben-K..,
dont l'alibi avait d'ailleurs été démenti, fut
condamné, mais avec circonstances atténuan-
tes, grâce à ses bons antécédents, au caractère
passionnel du crime, et peut-être aussi à cette
circonstance que sa famille avait désintéressé
par le paiement d'une *Dia* (prix du sang) les
parents de la victime.

J'avais été à cette occasion invité à prendre
la Diffa (repas des hôtes) et l'hospitalité pour
la nuit chez Bou-Alem-Bel-Haoussin, cheik de
la tribu des Bou-Hallouan, en territoire civil.
Comme je me rendais auprès de mon hôte,
entre huit et neuf heures, les gens de mon
escorte aperçurent dans la brousse un homme
entièrement nu, tenant à la main un bâton
noueux et ayant un poignard dans une gaîne
de cuir attachée par une corde autour de la
taille. Il chercha à fuir, mais la broussaille
rare et courte ne favorisait pas son évasion, et
il fut bientôt rattrapé par un gendarme. C'était
un grand garçon d'une vingtaine d'années,
d'un visage ouvert, qui, n'eût été son attirail
suspect, n'offrait ni les allures, ni l'apparence
d'un malfaiteur. « Que fais-tu ici à pareille
« heure et où vas-tu ? — Je me promène. —

« Pourquoi n'as-tu pas tes vêtements ? — Mon
« burnous était plein de puces. Cette vermine
« très incommode, mais que la religion nous
« défend de tuer, trouve sa vie à terre et aban-
« donne notre linge quand nous n'y sommes
« plus dedans, j'ai laissé mon burnous, mon
« haïck et mon zéroual sur un buisson, où je
« les reprendrai demain matin purgés de ces
« désagréables insectes. — Mais pourquoi ce
« bâton et ce couteau ? — par crainte des
« malfaiteurs. — Tu ne pouvais cependant
« tenter leur cupidité n'ayant sur toi ni bourse
« ni un objet de valeur quelconque. — Ne
« m'exposais-je pas tout aussi bien à rencon-
« trer un fou, et sait-on ce qui peut passer
« par la tête d'un individu qu'on trouve sur
« son chemin ? » Il avait réponse à tout,
mais je terminai là un dialogue qu'il était
inutile de prolonger, et je l'emmenai avec
nous. Bou-Alem ne le connaissait pas, mais il
lui parut à première vue un amoureux allant à
quelque rendez-vous galant et pas du tout un
malfaiteur. Il essaya de le confesser, ce fut en
vain.

En de telles aventures, le galant se fait d'ordinaire accompagner à distance par un ami,
un confident discret et sûr, pour lequel il n'a
pas de secret, ce que les indigènes appellent
un frère de choix, qui le suit de manière à

pouvoir au besoin lui porter secours, ou du moins s'assurer de son sort. Les cavaliers du cheik avaient en effet vu un arabe sur la piste du premier, se tenant assez loin, mais à portée du regard et de la voix, avançant avec précaution et faisant effort pour se dissimuler. Sur l'ordre de Bou-Alem, ils coupèrent la route au guetteur, se rabattirent sur lui et l'enfermèrent dans un cercle où il se laissa prendre sans résistance.

C'était également un tout jeune homme, et vêtu comms les gens aisés.

Bou-Alem le reconnut pour le fils d'un de ses amis, qui habitait la tribu des Beni-Menasset. Il l'interrogea et en obtint sans peine des aveux. C'était bien un amoureux que nous avions arrêté dans ses projets. Rien ne fut révélé quant au lieu du rendez-vous et à la personne qu'il allait y rejoindre. Le cheik le chapitra et se chargea de le reconduire à ses parents.

II

Cette même tribu du Bou-Hallouan fut peu après le théâtre d'autres aventures de ce genre, mais qui se dénouèrent tragiquement. Les amoureux et les voleurs dans leurs expéditions nocturnes, se confondent par la tenue qui est l'absence de tout habillement. Il paraît que l'homme nu cause aux chiens une frayeur qui les rend entièrement muets à son approche. Ils se sauvent ou se tapissent en gémissant contre les habitations, mais ils n'aboyent pas. Il n'en est plus de même lorsque le maraudeur découvert et poursuivi tourne le dos. Alors, excités par la poursuite, et comme pour prendre une revanche de leur peur, les chiens se lancent sur ses traces, et malheur à lui quand ils parviennent à l'atteindre.

Ces animaux rendus tout à fait féroces n'obéissent plus à la voix de leur maître, à moins qu'elle ne leur commande de déchirer la proie. Un indigène s'était hasardé à pénétrer de nuit dans le douar où sa maîtresse habitait avec son mari, il avait eu la chance de ne pas donner l'éveil, et déjà il dénouait une des cordes d'attache de la tente, afin de se procurer une ouverture par où il s'insinuerait, lorsque par malheur il éternua. A ce bruit, tout le monde se lève; il prend la fuite On se met, bêtes et gens, à ses trousses. Les chiens happent le fuyard, le font tomber et le mordent si cruellement que, quand on l'arrache à leurs dents, la pitié succède à la colère et on s'empresse de lui donner des soins. Le jour levé, on le transporta en ville, où il mourut bientôt après à l'hôpital des suites de ses blessures.

III

Un autre périt encore plus misérablement. Surpris au moment où il croyait toucher au succès, il chercha son salut au milieu d'un troupeau de bœufs qui l'éventrèrent à coups de corne. Je n'ai jamais vu cadavre plus hideusement déchiqueté. Le malheureux avait enduré son martyre sans proférer une plainte, et c'est ce qui décela ses intentions. L'amour seul est capable de tant d'héroïsme ; un voleur aurait appelé du secours.

IV

Un matin d'été, un indigène de ces parages
vint m'informer que, vers minuit, un individu
tout nu, tenant un couteau entre les dents et
une matraque dans la main, avait franchi la
zribah qui entourait son gourbi. Réveillé par
le bêlement d'une chèvre, le maître de l'habitation avait déchargé son fusil sur l'agresseur qui était tombé en râlant. Nous trouvâmes le cadavre tel qu'on nous l'avait décrit,
couché en travers du fagot d'épines mobile
qui servait de porte à la zribah pour le passage
des personnes et du bétail. Le couteau était à
terre, mais la main crispée serrait encore le
bâton, ce qui prouvait que la mort avait été
foudroyante. Il fut établi que cet indigène
appartenait à une tribu voisine, et qu'il avait

3

plusieurs fois cherché à se rapprocher de la femme de son meurtrier. Celui-ci était un petit homme malingre, chétif, d'aspect souffreteux, et la victime un véritable colosse ; il n'eût pas été prudent de lui permettre de faire un pas de plus. La légitime défense était si bien prouvée que le parquet ne crut pas devoir laisser l'affaire aller jusqu'aux assises et qu'il classa le dossier.

V

Un autre indigène, qui allait sans doute aussi à un rendez-vous amoureux, devint la proie des fauves. Un chasseur européen, qui explorait les fourrés du Zacchar, se trouva tout-à-coup en présence d'un cadavre nu. La tête était dépouillée de chair, la colonne vertébrale rompue, et une cuisse dévorée jusqu'à l'os. Le couteau reposait dans sa gaine, le bâton gisait à terre a côté du corps, la broussaille était ployée et cassée comme par la chute d'une masse très lourde. On avait signalé quelques jours auparavant la présence d'une panthère dans ces parages. Le malheureux était certainement passé à portée du fauve en embuscade. La panthère avait bondi sur lui. Le poids de l'animal, doublé par la force de l'élan, avait

brisé l'épine dorsale de l'homme, qui était mort
sur le coup. Les parties manquantes du cadavre avaient été mangées. Des récherches furent
faites dans les environs en vue de constater au
moins l'identité de la victime. On n'y parvint
pas ; cependant le caïd Moktar, des Béni-Menas-
ser, déclara qu'un indigène de sa tribu avait
disparu a une époque qui coïncidait avec celle
de la découverte du cadavre. Il n'existait dans
le voisinage ni douar, ni gourbi isolé, ni même
de ferme européenne, et la victime, malfaiteur
ou coureur de bonnes fortunes, devait chercher aventure au loin. Mais les distances ne
rebutent ni les uns ni les autres, le marcheur
arabe est sans rival, ou il n'en connaît qu'un,
le lion.

VI

Il y avait, vers 1864, un *Chibani* (vieillard blanchi), que nous appellerons Mohammed ben Kaddour, qui possédait une petite propriété au milieu du jardin du quartier El-Arrasseur, au bas du Zacchar, à 300 mètres environ au-dessous de Milianah. C'était un brave homme, vivant en excellents termes avec ses voisins indigènes et européens, mais d'un caractère violent et d'une jalousie extrême. Il s'était naguère marié avec une jeune et jolie coréligionnaire du quartier Zougala, situé sur le revers opposé de la croupe. Si le passant jetait un regard par-dessus la haie qui clôturait le domaine de Mohammed, celui-ci accourait aussitôt, l'injure et la menace à la bouche, le fusil en main, et il fallait déguerpir au plus vite.

Fort laborieux, malgré l'âge, il travaillait tout le jour, et la nuit il dormait en sûreté dans son **gourbi**, à côté de sa femme et sous la garde de ses chiens. Mais les chiens arabes ont, nous le savons, la terreur de l'homme nu, et d'ailleurs on les apprivoise avec un peu de pâtée. Ceux de Mohammed s'étaient déshabitués d'aboyer après un homme, qui venait la nuit, enjambait furtivement les cactus de plantation récente entourant la propriété et passait de doux moments dans le jardin auprès de l'épouse infidèle. Une nuit, Mohammed s'éveillant s'aperçut que sa femme n'était pas à sa place, il l'appela ; Fathma se hâta de rentrer, en expliquant sa sortie par un besoin naturel.

Mohammed s'étant levé crut voir une forme humaine qui s'enfuyait, cependant il feignit d'être dupe. Le lendemain, à la tombée du jour, épiant sa femme, sans que celle-ci s'en doutât, il découvrit un échange de signes entre elle et un jeune indigène, préposé pendant la nuit à la garde de la vigne d'un colon, et qui venait prendre sa faction.

On était à l'époque des vendanges, et les chacals, indépendamment des maraudeurs, sont très friands de raisin mûr. Toute la nuit on entendait dans les vignes des coups de fusil tirés par les gardiens de la récolte.

Mohammed s'étendit sur sa natte comme à

l'ordinaire et fit semblant de dormir, mais Fathma mise en défiance affecta de son côté un sommeil profond.

Un léger cri d'appel se fit entendre vers minuit, et quelques instants après un homme nu s'avançait jusqu'au seuil du gourbi. Ni le mari ni la femme ne bougèrent, mais l'intrus ne crut pas devoir s'aventurer au-delà. Au réveil, Mohammed dit à sa femme : « Prépare-toi à « aller chez tes parents, qui réclament depuis « longtemps ta visite, tu y passeras la jour- « née, et ce soir, je te ramènerai. » Fathma obéit avec joie. On lui fit fête chez elle, mais le soir, au moment de repartir, sa mère et ses sœurs insistèrent vivement pour la garder. Mohammed s'y attendait et c'est ce qu'il voulait ; il se fit longtemps prier pour mieux dissimuler, enfin il consentit, il reprit seul le chemin de sa demeure et ses voisins remarquèrent qu'il rentrait chez lui avec des précautions inusitées, comme pour éviter d'être vu.

Le lendemain, on trouvait au pied de la haie de Mohammed le cadavre du gardien de la vigne du colon. Une balle tirée presque à bout portant traversait la poitrine de part en part, la tête avait été à moitié séparée du tronc à l'aide d'un instrument tranchant, et les cuisses portaient des incisions verticales.

Ce dernier trait équivalait à la signature du
meurtrier. C'était le mari outragé qui marquait sa vengeance. Mohammed n'avait pas,
on le pense, attendu les gendarmes, il s'était
enfui nuitamment sur son cheval, et on n'a-
vait aucune piste. Un haïck de femme ensan-
glanté était sur le sol auprès du cadavre. Ce
vêtement servit à reconstituer la scène, mais
sa découverte fit d'abord croire à un double
meurtre, et l'on se mit à la recherche du corps
de Fathma. Lorsqu'on la retrouva, sur les
indications des voisins, ce fut elle-même qui
renseigna la justice. Mise en présence du
cadavre, elle le regarda avec l'indifférence et
la passivité qui sont là-bas le propre de son
sexe, ne fit aucune difficulté d'avouer ses
relations adultères, montra un figuier sous
lequel elle se rencontrait avec son amant, et
raconta tout ce qui précède jusqu'au moment
de son départ pour l'habitation paternelle. Il
fut facile d'établir la suite. Mohammed s'était
au signal convenu entre les amants, rendu
sous le figuier, enveloppé du haïck qui devait tromper sur son sexe, et de là, il avait fait
feu au moment où la victime franchissait la
barrière des cactus.

Puis, il s'était acharné sur le mort, le muti-
lant avec rage. Sa fureur assouvie, il avait repris ses vêtements d'homme, sellé son cheval

et pris la campagne. La détonation de son arme avait été entendue par beaucoup, mais nul ne s'en était préoccupé, à raison, disaient-ils tous, de la fréquence des coups de fusil nocturnes pendant cette saison. Peut-être quelques-uns en savaient-ils plus qu'ils n'en voulaient avouer, et même avaient-ils favorisé la fuite de l'assassin, le crime commis dans ces circonstances n'étant à leurs yeux qu'un acte de légitime justice.

3.

VII

Un détachement d'infanterie avait été
envoyé de Milianah à Teniet-el-had, sous
la conduite d'un sous-officier. En passant à
Affreville, la petite troupe se rafraîchit dans
les auberges. Au départ, un soldat manqua à
l'appel. C'était un Breton, nommé Calvez, qui
venait de toucher une partie de la prime de
rengagement. Comme il connaissait le chemin
et qu'on était en période de calme, les camarades se préoccupèrent peu de son absence,
pensant qu'il les rejoindrait le soir au campe-
ment. Mais la nuit s'écoula sans qu'il reparût.
Le matin qui suivit le garde-champêtre
d'Aïn-Sultan, découvrit le cadavre de ce militaire dans la broussaille, sur le territoire de
la commune, à plusieurs kilomètres du village

et à une centaine de mètres des berges du
Chéliff. Le docteur, en procédant à l'autopsie
constata que la mort provenait d'une balle de
fusil de munition, et il aurait conclu à un
accident ou à un suicide, si le fusil se fût
retrouvé. D'autre part, il y avait bien du sang
sur le sol, mais pas en assez grande quantité
pour correspondre à l'hémorrhagie qui s'était
nécessairement produite. Enfin, on avait
vidé et retourné les poches du mort.

Il y avait donc eu meurtre, vol et transport
du cadavre d'un lieu à un autre. C'est un procédé usité chez les indigènes que de se débarrasser d'un objet gênant, en le transportant
hors des terres de leur Douar. Ils pensent
empêcher ainsi les soupçons de se localiser
d'abord sur eux, et ils ont quelquefois
échappé de cette façon à la responsabilité
collective, au temps où elle était en usage.
En tout cas, pendant que la Justice s'égare en
ses premières recherches, ils ont le temps de
se préparer des moyens de défense. Nous
étions fort perplexes, incertains du côté où
nous diriger, mais à force d'investigations,
nous découvrîmes sur l'herbe quelques
gouttes sanglantes que le soleil n'avait pas
encore séchées. Elles conduisaient à la rivière, dont le bord opposé appartenait au territoire militaire, où expirait ma compétence.

Quoique parfaitement autorisé à y pénétrer,
à raison du flagrant délit, connaissant la susceptibilité de l'autorité militaire, j'hésitais à
risquer de compromettre mes bons rapports
avec elle en allant opérer dans son domaine
sans son aveu. J'avais, au surplus, fait suffisamment mon devoir, et je pouvais me con-
tenter de lui remettre le procès-verbal des
constatations relevées. Tandis que je me tâtais,
l'interprète me fit remarquer un Arabe qui,
tout en se tenant à distance respectueuse,
nous suivait très attentivement du regard et
paraissait disposé à entrer en communication.
« Ça m'a l'air, me dit-il, d'être un *Béchar*
« (porteur de nouvelles, dénonciateur) ». Il
s'aboucha avec lui; il ne s'était pas trompé.
L'homme ne demandait qu'à parler.

Il était manchot, et comme je lui demandai
d'abord comment il avait perdu sa main, il
me dit qu'on avait dû l'amputer à la suite d'un
coup de bâton de son caïd. Puis, étendant le
bras dans la direction du sud : « Vois-tu, là-
« bas, de l'autre côté du fleuve, cette fumée
qui monte ? C'est un douar, où le soldat a été
« assassiné hier. En passant, il s'est approché
« du puits, où il y avait des femmes qui pre-
« naient de l'eau, il leur a demandé à boire,
« et s'est mis à causer avec elles. Il en a pris
« une par la taille, mais les hommes sont sur-

« venus à ce moment. On s'est jeté sur lui, on
« l'a désarmé et tué avec son propre fusil.
« Pendant la nuit on l'a chargé sur un mulet
« et on l'a porté ici, tu trouveras là-bas les
« traces et la preuve du crime. »

Après cette confidence je ne balançai plus.
Le béchar avait donné de telles indications à
l'interprète que nous relevâmes en chemin
des empreintes d'hommes et de bête de
somme et de nombreuses taches de sang, et
vînmes tomber juste en face du puits. Il y
avait là une mare de sang, pas encore entièrement coagulé, sur laquelle tourbillonnait
un essaim de mouches noires. Ce furent ces
insectes qui nous la décélèrent, car on l'avait,
en nous voyant venir, recouverte de paille.

Notre irruption causa naturellement une
surprise fort désagréable, mais on n'avait pas
eu le temps de se concerter et il ne fut point
difficile d'obtenir la vérité. » Pourquoi cacher
« le sang ? — Pour chasser les mouches. —
« D'où provient-il ? — D'un mouton que nous
« avons égorgé. — Où est ce mouton ? —
« Nous l'avons mangé. — Il doit en **rester**
« quelques débris, la peau, des os, montrez-
« les.» —Bouches closes. Alors je leur dis que
je sais tout, et je raconte ce que je venais d'apprendre. Je finissais à peine qu'un gendarme
apporta la baguette du fusil qu'il avait trouvée

dans un buisson. On en ramassa la bretelle un peu plus loin. Pour l'arme elle était trop bien cachée.

Devant ces preuves, un vieillard qui, à défaut du caïd absent, paraissait avoir l'autorité, prit la parole au nom des siens.

« On a eu tort de te mentir, s'écria-t-il, « mais depuis quand est-il permis à un soldat « qui devrait nous défendre, d'outrager nos « femmes? Le meurtrier est parti, mais si tu « viens pour l'arrêter, arrête-nous tous, parce « que nous ne l'avons pas empêché de venger « son injure, et qu'à sa place chacun de nous « ferait comme lui. »

Après avoir consigné sa déposition, celle de la femme et rédigé un constat, je remontai à cheval. Je transmis ensuite le dossier à l'autorité militaire, à laquelle appartenait la connaissance de l'affaire, puisque le crime s'était commis sur le territoire soumis à sa juridiction.

Trois mois après, je rencontrai sur une grand'route mon béchar, qui cassait des pierres. En m'apercevant il vint à moi. « Tu « devrais bien, me dit-il, me tirer d'ici, car j'y « suis à cause de toi. Tu te rappelles le meur- « tre du soldat. Mon caïd qui m'en veut tou- « jours, a appris, je ne sais comment, que je « t'avais renseigné, et il ne me le pardonne pas,

« parce qu'on a arrêté deux hommes qui sont
« de ses amis! Il m'a pris en faute pour quel-
« que chose de peu grave, et sur ses rapports
« je suis depuis quinze jours condamné à faire
« un métier particulièrement pénible pour un
« manchot. »

Je promis à mon interlocuteur de faire une
démarche en sa faveur, s'il le méritait, et en
effet, il n'était puni que pour une peccadille, et
le général Liébert, commandant la subdivision, le fit bientôt remettre en liberté.

VIII

Un jeune homme nommé ou prénommé
Nicolas, habitant un village de l'arrondisse-
ment d'Oran, avait remarqué une femme indigène, qui allait tous les soirs, au coucher du
soleil, puiser à la fontaine communale. Il la
suivit et parvint à échanger quelques mots ou
signes avec elle. Ces correspondances se
renouvelèrent, et le mari s'en aperçut. Il
n'était pas d'humeur à tolérer des familiarités
dont sa dignité pourrait avoir à souffrir, et il
résolut d'y couper court. Il chercha, sous un
prétexte quelconque, querelle à Nicolas, mais
celui-ci ne se souciait pas d'engager la lutte
avec un gaillard haut de six pieds et large en
proportion. Il recula, amadoua son adversaire,
et finalement, ils parurent se remettre d'ac-

cord. Mais l'imprudent colon ne se tint pas
pour averti, il continua ses assiduités et le
mari ne songea plus qu'à ruminer sa vengeance. Un jour, en plein midi, il voit, au bout
d'une rue qui longeait les épaulements de
terre servant de fortifications au village,
Nicolas se diriger de son côté. L'occasion lui
sembla propice. Une lucarne existait dans le
mur d'une maison en face de lui, à hauteur
d'homme. Il se colle contre et feint de
regarder à l'intérieur en exécutant la panto-
mime de quelqu'un qui surprendrait un spectacle curieux et inattendu. « Qu'y a-t-il donc ?
« fait Nicolas. — Regarde. » L'infortuné
s'approche sans défiance et, à peine a-t-il l'œil
sur la fenêtre qu'un coup de bâton à la nuque
l'étend raide mort. Le coupable avait été vu et
arrêté aussitôt. Il ne pouvait nier. Interrogé
sur les mobiles du crime, il répondit : « Je
« n'en sais rien. Dieu l'a voulu. D'ailleurs, je
« reconnais avoir tué, cela doit vous suffire.
« — N'avais-tu pas à te plaindre de Nicolas ?
« — Ce matin, en passant à côté de moi en
« voiture, il m'a cinglé les épaules d'un coup
« de fouet. » On lui prouva que la victime n'avait
« pas conduit de voiture ce jour-là. « C'était
« peut-être la veille ou un autre jour. — Pré-
« cise, où et quand ? — Il y a peut-être un an ;
« mais le temps ne compte pas, c'est l'offense.

« — Ne courtisait-il pas ta femme ? — Puisque
« vous savez tout, à quoi bon me ques-
« tionner ? » On n'en put tirer une syllabe de
plus. Il ne se montra pas moins boutonné à la
Cour d'assises, où il eut des travaux forcés.
On ne doit pas être surpris d'un tel parti pris
de mutisme. Tout Arabe en pareille occurence
adopte d'abord cette attitude. Rien n'émeut
leur sensibilité, n'excite leur susceptibilité
à l'égal de ce qui touche à la femme, et ils
évitent de parler des leurs, non seulement
aux étrangers, mais à leurs propres frères.
Les Kabyles, chez qui la femme jouit d'une
condition plus privilégiée et sort le visage
découvert, ne sont pas sur ce point bien diffé-
remment impressionnables et moins cha-
touilleux.

Cette fin tragique fut épargnée à un autre
séducteur, mais il y eut tout de même mort
d'homme. Il avait entraîné chez lui une femme
indigène. Le mari averti accourut vers le
ravisseur avec un fusil, mais l'arme trop
chargée éclata entre ses mains. Une hémor-
ragie qu'on ne put arrêter se produisit, et il
succomba. Ses parents se seraient sans doute
chargés de la vengeance, mais le galant ne
leur en laissa pas le temps. Il disparut incon-
tinent, abandonnant la femme. Celle-ci se
réfugia dans sa famille qui habitait le terri-

toire militaire. Il n'est pas sûr qu'elle n'ait payé plus tard cette infidélité de sa vie. Peu de temps après, des gens réunis dans un café maure des environs, virent un vol de vautours s'abattre sur un ravin. Ils eurent la curiosité d'aller regarder, et ils furent spectateurs d'un combat entre ces carnassiers et une hyène autour de la partie inférieure d'un cadavre de femme, coupé par le milieu du corps. Chaque partie avait été inhumée séparément. Le fauve avait déterré celle que les vautours lui disputaient. On ne put retrouver la tête de la victime qui demeura inconnue.

IX

On m'a montré un vieil Espagnol, immonde
d'obésité et presque impotent, que ses compatriotes désignaient, quand il n'était pas présent, par un sobriquet fort désobligeant, en
souvenir d'une catastrophe de sa jeunesse. Faisant du commerce dans les tribus, il s'était lié
et associé d'intérêts avec un maquignon arabe.
Un jour, il avait retiré de l'eau son ami en danger
de se noyer. Celui-ci l'avait depuis appelé son
père et le traitait avec toutes sortes d'égards. Il
l'admit même à coucher sous sa tente, au
milieu de sa famille. Mais il avait des femmes
appétissantes, et l'Espagnol n'était pas insensible. Bref, l'Arabe, rentrant un soir inopiné-
ment, constate le flagrant délit. Cris éperdus de
la femme, invasion des voisins qui, s'ils avaient

su de quoi il s'agissait, ne se fussent certainement pas dérangés. « Je ne vous ai pas appe-
« lés, leur dit-il, mais puisque vous êtes là,
« donnez-moi un conseil. Je ne saurais tuer
« cet homme qui m'a sauvé la vie, cependant
« je dois venger mon affront. Que faut-il faire ? »
On délibéra, il fut décidé que, tout en respec-
tant les jours du coupable, on le mettrait dans
l'impuissance de recommencer ses fredaines,
en le punissant par où il avait péché,
et on lui infligea le supplice d'Abélard.
L'offensé, qui était comme tout maquignon
quelque peu vétérinaire, le soigna, lui appli-
qua des remèdes de cheval et parvint à le
remettre sur pied. — Je ne suis ici qu'un écho,
je ne garantis donc pas la véracité, mais on en
semblait convaincu dans l'entourage de l'inva-
lide et son affaissement graisseux témoignait
manifestement d'une virilité éteinte.

X

X... ancien négociant oranais, s'était, après
fortune faite, retiré en une espèce de désert à
quelques lieues de Bel-Abbès. Il s'y était fait
construire, à proximité d'un douar, une maison qu'il habitait seul, sans domestique. Un
Arabe venait deux fois par semaine le matin
frapper à sa porte et prendre ses commissions.
On ne le voyait jamais en ville, quoiqu'il y eût
de proches parents et on ne le rencontrait tout
de même pas souvent à son domicile. Après
déjeuner, il partait habituellement, le fusil en
bandoulière, et il vagabondait jusqu'au soir ;
jamais il ne rapporta une pièce de gibier. Un
jour, son commissionnaire vient frapper et
n'obtient pas de réponse, il y retourna un
peu plus tard, même silence. L'inquiétude le

gagne, il va quérir le Djemâa. On arrive ; la
porte n'était pas, contre l'usage, fermée à clef,
il suffit de soulever le loquet pour entrer. X...
était dans son lit lardé de coups de poignard en
toutes les parties du corps. **Rien** de dérangé, les
meubles en place, le porte-monnaie garni dans
la poche. Aucun vol ne paraissait avoir été
commis. Quel était le mobile du crime ? En
pareil cas, « cherchez la femme », dit le pro-
verbe arabe. L'information révéla bientôt que
X... était un vieillard dissolu qui ramenait
quelquefois de ses excursions des femmes
ramassées on ne savait où, avec lesquelles il
passait la nuit. L'assassin s'était évidemment
glissé et caché dans la maison et avait
frappé la victime pendant son sommeil. Était-ce
un voisin qui vengeait une injure conjugale,
ou quelque étranger dont il avait détourné
l'épouse ? Cette dernière hypothèse semblait la
plus probable. X... respectait les femmes de
son entourage, autrement il n'aurait pas vécu
là tranquille pendant quelques années. On
trouva dans ses armoires et ses tiroirs une bi-
bliothèque pornographique et une iconogra-
phie obscène. Son gendre en fit un monceau
qu'il livra aux flammes. Il périt dans cet auto-
dafé une pièce dont l'héritier ne connaissait
pas la valeur, une vieille gravure depuis longtemps devenue introuvable, vraie épreuve

d'artiste ce spécimen, (le titre était écrit au crayon avec une légende), intitulée la *Ronde de Turenne* et représentant des scènes que la décence ne permet pas de décrire.

XI

Dans les dernières années du règne de
Napoléon III, un mardi-gras, le matelot de
vigie du fort Saint-Grégoire, à Oran, aperçut,
au lever du jour, un ballot que les flots balançaient
près de la jetée, du côté de la haute
mer. Il regarde à l'aide de sa longue-vue et
remarque sur l'enveloppe du paquet une large
tache rouge et quelque chose comme un bout
de pied qui sortait par un trou. L'on alla à la
recherche, non sans peine et péril, car la mer
était grosse, et l'on pêcha l'épave, qui était un
cadavre enfermé dans un sac. A la douane,
où le corps fut d'abord déposé, le public
afflua, et la reconnaissance de l'identité eut
bientôt lieu. C'était une Espagnole fort connue,
non mariée, vivant en concubinage avec son

4

compatriote Gaspardo, garçon boulanger.
Les constatations médicales établirent que la
mort remontait à quelques heures et avait été
procurée par un coup de couteau porté dans la
région du cœur. La justice se transporta au
domicile de la victime. Le lit était inondé de
sang et le mur auquel il touchait, tout écla-
boussé de gouttes qui avaient jailli. Cependant
la couche n'était point défaite, et une table
mise et chargée de victuailles commencées
attestait que le crime avait été commis après
unrepas qu'Antonia venait de prendre. L'arme
homicide, un couteau de cuisine, fut aussitôt
retrouvée dans le tiroir encore entr'ouvert. La
lame et une partie du manche étaient ensan-
glantés. Le meurtre avait dû se perpétrer vers
deux heures du matin. Les voisins n'avaient
rien entendu.

L'amant était absent du domicile et de chez
son patron. On ne tarda pas à l'arrêter au
milieu d'un groupe, où des gens s'entrete-
naient précisément du crime. Il avait du sang
sur la partie antérieure de la chemise, sur les
poignets et aux joues. Après de courtes dénégations, il s'avoua coupable et fit un récit
que des témoins confirmèrent en partie. Il
soupçonnait sa maîtresse d'infidélité. Vers
deux heures du matin, il avait quitté le pétrin,
prétextant une indisposition, et il y était

revenu un peu après trois heures et resté jusqu'à huit. A sa sortie nocturne, il avait couru chez lui. Quoiqu'il eût enfermé sa concubine sous clef, il la trouva en compagnie d'un rival qui s'était introduit par une imposte située au-dessus de la porte. A sa vue, le galant avait fui. Lui s'était jeté sur la femme et, saisissant le couteau déposé sur la table, il l'avait frappée. Puis il avait empaqueté le corps dans un sac, et le portant sur ses épaules, à travers les rues, à cette heure silencieuses et désertes, jusqu'au tunnel de la route de Mers-el-Kébir, il avait lancé de là son fardeau dans les flots. L'individu désigné comme surpris avec la femme niait ferme. De fait, rien ne prouvait qu'il y eut eu deux convives. Il reconnaissait que Gaspardo lui avait manifesté sa jalousie et fait des menaces, mais c'était à tort, disait-il.

Il n'est pas en général facile à un homme de force moyenne de manier seul un cadavre, de façon à lui imprimer, surtout en aussi peu de temps, les flexions qu'avait dû subir celui d'Antonia, et nous soupçonnions quelque complicité. Mais un infirmier de l'hôpital civil, de la même force que l'inculpé, mit en notre présence dans un sac, en quelques minutes, un cadavre tout chaud pareil en poids et en corpulence à celui de l'Espagnole. Gaspardo pouvait donc avoir opéré seul.

Au moment de son arrestation, les femmes avaient failli le lacérer. Après sa comparution en Cour d'assises, où il fut condamné aux travaux forcés à temps et où il avait eu une très bonne attitude, elles manquèrent de faire une émeute pour le délivrer. Il fallut que la gendarmerie dégainât.

XII

Après le drame noir, le vaudeville, et nous allons raconter une histoire moins lugubre. Sliman ben Abdallah avait un ami nommé Yussef ben Amar, homme d'un esprit faible, à qui on en faisait accroire tant qu'on voulait et d'autant plus facilement qu'on lui présentait des inventions plus invraisemblables. Ils se rendaient ensemble un matin d'été au marché d'Affreville. Sliman, fort gai d'habitude, se montrait ce jour là silencieux et triste, paraissant en proie à de sombres préoccupations. Sa morosité frappa son compagnon qui lui en demanda la cause. « Es-tu malade ? As-tu appris quelque fâcheuse nouvelle ? » L'autre se taisait toujours, laissant échapper parfois de longs soupirs et se frappant la poitrine d'un

4.

air désespéré. Enfin sur l'insistance de Yussef il se décida à parler. « Tu m'y forces, dit-il, « mais ce que tu vas apprendre te fera trem- « bler, allons à l'écart, afin que personne ne « nous entende, et jure-moi le plus absolu « secret, sinon tu ne sauras rien. Tu vois en « moi le plus malheureux des êtres. On m'a « jeté un sort. Je ne sais quel *Djinn* (Démon) « s'acharne contre moi, et j'ai beau prier, je « ne puis échapper à son pouvoir. Or, il m'a « commandé de mettre à mort tous les mâles « bêtes et gens, que je rencontrerais pendant « la nuit. — Tu n'as qu'à t'enfermer tout seul « dans ton gourbi et à n'en point sortir avant « le jour. — Tu crois que je suis mon maître, « détrompe-toi. Dans de pareils moments, je « ne suis plus un homme, je n'ai plus figure « ni voix humaines, ni raison pour me con- « duire. Je me transforme en lion, un lion « d'une espèce qu'on n'a jamais vue, un lion « avec des cornes de bélier, et je vais devant « moi rugissant et dévorant. Jusqu'ici, j'ai « porté mes ravages au loin, je ne connais « pas mes victimes, mais le Djinn m'ordonne, « et c'est ce qui me désole, d'attaquer mes « voisins, toi le premier, et demain tu seras « peut-être dans mon estomac. — Mais j'ai « mon fusil, et je te tuerai. » — « Ton arme « ne te servirait de rien, le Djinn m'a rendu

« invulnérable. Ce que tu as de mieux à faire
« c'est quand tu m'entendras rugir, de te sau-
« ver au plus vite. Je serai loin encore et tu
« auras le temps. »

Ayant ainsi parlé, Sliman s'éloigna, laissant
son camarade tout ahuri et convaincu. Le
secret pesait bien un peu à Yussef, mais il s'y
était engagé par le serment le plus solennel.
Il se disait aussi que fuir, en abandonnant sa
femme toute seule, n'était pas très chevale-
resque, mais le lion cornu n'en voulait qu'aux
mâles. Il tâcherait de la rassurer d'avance, et
en effet, rentré chez lui, sans trahir la confidence reçue, il parla à sa femme de façon à
la prémunir contre une trop grande frayeur.
« Halima, j'ai appris par un magicien qu'il se
« passerait peut-être cette nuit près de nous
« des choses extraordinaires. Tu entendras le
« lion, et alors je devrai sortir, mais n'aie pas
« de crainte, tu ne cours aucun danger...» Halima, qui n'était peut-être pas tout-à-fait sans
savoir de quoi il retournait, manifesta bien
quelque étonnement, mais peu de mots de
son mari suffirent à la calmer.

La nuit vient, une nuit lourde et obscure.
Les heures se passent, rien d'anormal.

Yussef commence à se rassurer, le sommeil
le gagne. Mais à peine endormi, sa femme le
secoue vivement. « Ecoute, j'ai entendu le

« lion, il est loin encore, cependant il me
« semble se rapprocher, c'est le moment ».
Elle n'avait pas fini que des rugissements
formidables éclataient à courte distance, mettant les chiens des environs en éveil. Yussef
se dresse sur ses pieds, tout son corps tremble.
Néanmoins, il hésite, il voudrait s'échapper,
mais Halima que deviendra-t-elle ? Elle ne
paraît pas se troubler beaucoup, et cette tranquillité d'âme atténue ses perplexités. Si elle
était en péril, l'instinct de la conservation
l'avertirait. Un bruit de broussailles froissées,
suivi d'un grondement menaçant l'ébranle.
Alors, à quelques pas du seuil, surgit une
horrible tête velue et cornue. Oh ! pour le
coup, son esprit achève de se brouiller. Il n'y
tient plus, il s'élance et s'enfuit de toute la
vitesse de ses jambes. Encore quelques rugissements, puis un silence d'une demi-heure
et ils reprennent de plus belle : mais ensuite
ils vont diminuant peu à peu et s'éteignent
enfin dans le lointain.

Le même prodige se renouvela durant
plusieurs nuits, non pas consécutives, mais à
des intervalles réguliers, tant et si bien que
les voisins, d'abord terrorisés, flairaient
quelque manège suspect et finirent par
découvrir le pot aux roses. Yussef qui s'était
montré fort sobre de communications, se

bornant à raconter comment il avait été épou-
vanté par l'apparition d'un animal fantastique,
mais qui écoutait attentivement les racontars
de son entourage, saisit quelques paroles et
des regards ironiques ou apitoyés dont son
cœur s'émut. Le doute pénétra lentement dans
sa cervelle obtuse, cependant, il y fit sa per-
cée. Chaque soir, il se promettait d'éclaircir le
mystère, mais notre homme n'était pas naturellement très brave, de plus sa crédulité ne
connaissait pas de bornes, et lorsque le terrible rugissement frappait ses oreilles, toutes
ses résolutions s'évanouissaient.

Cependant, il y avait dans ces choses un côté
surnaturel qui devait tenter la verve des con-
teurs populaires dans un milieu social épris
de merveilleux. Il s'en fit des récits divers,
plus ou moins chargés de fantaisie, et l'écho
en arriva au bureau du Commissaire de police,
qui n'y comprenait rien et voulut s'édifier.

Ce magistrat avait alors sous ses ordres, à
titre d'*Amin Berrani* (préposé à la surveillance des étrangers), un agent indigène nommé
Ali, homme fort intelligent, courageux, robuste
et adroit. Il le chargea d'élucider l'affaire.
Ali s'informa dans les cafés maures, sur
les marchés, il en vint à interroger Yussef et
finalement eut l'habileté de le confesser.

C'était dans la nuit du lundi au mardi et

celle du vendredi au samedi que l'évènement
se passait d'ordinaire. Un lundi, à la brune,
Ali se cacha à l'insu d'Halima, sous un tas de
paille derrière le gourbi, il attendit longtemps;
enfin à l'heure accoutumée des cris de fauves
qui ressemblaient à s'y méprendre à la voix
du lion retentirent dans le ravin. Ils se re-
nouvelaient en se rapprochant rapidement,
puis la broussaille gémit, et il en sortit un
être rampant, couvert de peaux à longs poils,
la tête armée de cornes, qui tout-à-coup, se
redressa, rejeta d'un mouvement vif son enveloppe et la figure de Sliman apparut éclairée par la lune. « Tu peux rentrer, dit la voix
« d'Halima. Il est parti depuis longtemps. »
Ali assista aux ébats des amants qui, en se
séparant, se donnèrent rendez-vous pour le
vendredi suivant. « Couche vendredi chez des
« amis, dit le lendemain Ali à Yussef, laisse-
« moi faire et je t'amènerai ton lion maté
« et captif. En attendant ne souffle mot à
« personne ».

Ce jour venu, Ali se rendit au coucher du
soleil chez Yussef. Il portait sous son bras un
paquet volumineux d'où pendaient des ficelles.
« Je sais, dit-il à Halima, quand ils furent tous
« deux seuls, ce que tu fais avec Sliman. Il
« viendra tout à l'heure. Vous vous compor-
« terez comme les autres fois. Si tu l'avertis

« d'un geste ou d'un mot, tu es morte ». Et
en même temps il lui montrait le bout d'un
pistolet.

Sliman se présenta sans défiance. N'apercevant point Ali, qui était vêtu d'un burnous
noir et se tenait dans le coin le plus obscur,
il prit sa maîtresse dans ses bras et ils s'affa-
lèrent sur la natte. Mais tandis qu'ils sont tout
aux ardeurs de l'ivresse amoureuse, Ali bon-
dit soudain de sa cachette, et jette sur eux un
engin dans lequel ils s'empêtrent d'autant plus
qu'ils s'efforcent de s'en débarrasser. C'est un
filet dont l'ingénieux et adroit agent les a
emmaillotés, et ils restent jusqu'au jour dans
la posture de Mars et Vénus surpris par Vul-
cain. Ils ne tardèrent pas à sentir froid. Ali
plaça paternellement sur eux la dépouille
léonine, qui se composait de plusieurs toisons
de brebis cousues ensemble et surmontées de
l'appendice frontal d'un mouton.

Yussef accourt à l'aurore, inquiet du sort
d'Ali qu'il croyait bien ne pas retrouver vivant, et ce spectacle s'offre à ses yeux. Il veut
frapper les coupables, mais Ali l'en empêche.
« Pardonne-moi, s'écrie Sliman, ce n'est pas
« ma faute, c'est la volonté du Djinn qui m'a
« ensorcelé ».

L'affaire n'eut point de suites sanglantes.
Yussef répudia sa femme, dont les parents lui

abandonnèrent la dot, Sliman ajouta quelques douros, et les deux amis se repatrièrent, ou du moins ne se cherchèrent pas querelle. Tout le monde fut donc content, et plus que tous les autres peut-être, Ali qui, à en croire ce que contait plus tard Halima, avait commencé par exiger les faveurs de la belle, imputation nullement inadmissible.

AFFAIRES CRIMINELLES

CRIME DE VENGEANCE

ESCLAVE MUSULMAN

En 1865, quelques jours avant le voyage de l'Empereur, un caïd des Douairs fut assassiné. Il avait reçu un coup de poignard entre les deux yeux, avec pénétration jusqu'au cerveau, et une balle de pistolet dans la poitrine, tirée de si près que le burnous portait des traces de brûlure. L'attentat avait été commis de grand matin, et en pleine broussaille. On apprit qu'à cette heure là la victime avait l'habitude de se rendre chez une maîtresse habitant à quelque distance de son douar. Cette femme était veuve ou divorcée, et par conséquent la jalousie conjugale n'entrait pour rien dans le crime. Il parut bientôt démontré qu'il avait eu un tout autre mobile. Ce caïd avait été récemment nommé en l'absence de son prédécesseur, qui, parti depuis près d'un an pour La Mecque, et n'ayant pas donné de ses nouvelles, passait pour mort. Quand celui-ci revint, il éprouva une vive contrariété de se voir remplacé, fit sans succès des démarches pour recouvrer ses fonctions, et finalement ne crut pouvoir les reprendre que si son successeur venait à disparaître. Telle fut du moins la seule hypothèse à laquelle put s'arrêter l'instruction.

Les meurtriers, que l'on ne tarda pas à découvrir, étaient, l'un Krammess, l'autre domestique de l'instigateur présumé du crime, et ses âmes damnées, capables de tout faire pour lui obéir ou lui complaire.

Leur maître, mis en arrestation, se garda, bien entendu, d'avouer sa complicité, mais les plus graves présomptions morales s'élevaient contre lui, et le crime ne s'expliquait que par une intervention de sa part, la victime n'ayant pas d'ennemis connus dans la tribu et sa mort ne pouvant servir les intérêts d'une autre personne. Au moment où le dossier allait être envoyé à la Chambre des mises en accusation, la tribu des Douairs Gharabas, qui était comprise dans la circonscription de la commune Sainte-Barbe du Tlèlat, passa, en vertu d'une décision impériale, dans le territoire mili-

taire, d'où la compétence des tribunaux ordinaires prit fin et les pièces durent se transmettre
à l'autorité militaire chargée de l'instruction des
affaires ressortissant au conseil de guerre. Cette
affaire donna lieu, au cours des opérations de
l'instruction, à une démarche particulièrement
touchante de la part d'un serviteur du principal inculpé. Pendant que El-Hadj-ben-Gh...,
le caïd dépossédé et soupçonné d'avoir provo-
qué à l'assassinat, était préventivement détenu
à Oran, un jeune nègre vint demander à partager sa prison.

« Je suis, dit-il au magistrat instructeur, fils
« de deux esclaves de cet homme, je suis né
« et j'ai été élevé chez lui; il me traitait avec
« beaucoup de bienveillance, mais un jour il
« me frappa injustement. J'eus le tort de pro-
« tester avec trop de vivacité, il me fit dépouil-
« ler de mes vêtements et donner des coups
« de corde sur le dos. Je m'enfuis de chez lui
« et je vins à Oran où, comme j'étais fort et
« savais travailler la terre, je trouvai à m'em-
« ployer chez des colons. Je m'établis au
« village nègre. Je m'y suis marié et j'ai des
« enfants. Jamais je ne serais revenu auprès de
« mon ancien maître ; mais aujourd'hui j'ap-
« prends qu'il est dans la peine, je ne dois plus
« me souvenir que de ses bienfaits et je sup-
« plie qu'on me permette de rester avec lui,

« pour lui rendre les services dont son âge a
« besoin, ma famille se passera de moi en
« attendant. » Il n'était pas possible de déférer
à ce désir, mais le nègre obtint l'autorisation
de visiter son vieux maître, et il en profita souvent, lui apportant chaque fois des fruits ou des
friandises. Je fis causer ce fidèle serviteur
dont le dévouement m'avait remué, et sa conversation m'intéressa vivement. Les gens de
cette couleur n'ont pas l'âme aussi noire que
la peau. Ils sont foncièrement bons et aimants.
Il y a quelque chose de l'attachement canin
dans leur amour pour les personnes, mais
cette tendresse désintéressée n'est-elle pas la
perfection même du sentiment affectueux ?

L'esclavage musulman n'entraîne pas d'autre
part une condition bien pénible. Sans doute
l'état d'esclave n'est pas apprécié à l'égal de
celui d'homme libre, et en donnant à quelqu'un l'épithète d'esclave, on entend lui signifier qu'il ne saurait prétendre à la considération
de l individu qui ne dépend que de lui-même, on
lui adresse une injure ; mais dans la famille à
laquelle il appartient l'esclave trouve des égards
particuliers. Il vient après celle-ci et avant les
serviteurs à gages. Il y est traité avec humanité et douceur. On lui montre de la confiance
et c'est souvent lui qui a la charge et la garde
des enfants. Aussi les esclaves des gens de

grande tente ne se plaignent point de leur sort. On citerait peu d'exemples d'esclaves qui aient profité du décret de 1848, abolitif de l'esclavage dans les possessions françaises pour s'affranchir du service de leurs maîtres. Ce décret d'ailleurs si contraire aux idées reçues dans le monde de l'indigénat, rencontra dans son exécution les résistances de certaines autorités chargées de la procurer. Ainsi, sur la plainte de grands chefs Musulmans, secondés dans leurs revendications par l'autorité militaire, un juge de paix qui avait sur le territoire de sa juridiction déclaré leurs esclaves libres de les quitter, se vit rappeler à l'ordre pour immixtion dans des affaires ressortissant à d'autres compétences. Cependant ce magistrat pouvait se considérer, en vertu de la législation de 1848 et aux termes de l'art. 616 du Code d'instruction criminelle, comme ayant agi dans la plénitude de son droit et accompli un devoir professionnel, et de même le pouvoir qu régissait souverainement les tribus violait la légalité en faisant obstacle a l'exécution de la mesure. Il eût peut-être été toutefois impolitique d'agir autrement.

C'est peut-être le cas unique d'opposition de ce genre que l'on relèverait, mais le décret du gouvernement provisoire, qui a jeté une si grande émotion dans les colonies, est resté

dans l'usage à l'état de lettre morte en Algérie.
A une date bien postérieure, on trouvait sur
les registres des cadis des actes constatant des
ventes d'esclaves jusque sur les marchés du
territoire civil et, si des transactions de cette
nature ne se pratiquent plus aujourd'hui, les
descendants d'esclaves se considèrent toujours
comme dans la condition de servitude de leurs
pères, et s'en montrent satisfaits. Ils ont eu
lieu de s'en féliciter pendant la mémorable
famine de 1867-68 ; tandis que des milliers
d'hommes libres périssaient d'inanition, les
esclaves des riches Musulmans partageaient
avec leurs maîtres ce qui restait de subsistances à la famille.

AUTRE VENGEANCE
UN PRÊTRE ALGÉRIEN

Je venais de procéder à une information criminelle à Saint-Denis du Sig, lorsqu'on annonça l'assassinat d'un Européen à Perrégaux. Notre véhicule était attelé pour Oran, nous n'eûmes qu'à virer de bord. A nòtre arrivée, le cadavre avait été transporté au village, mais après un constat fait sur les lieux par la gendarmerie. La victime était un colon joignant au travail de la terre les métiers de forgeron, de serrurier et d'armurier, de plus un intrépide chasseur. L'avant-veille, il avait brutalisé un Arabe, qui rôdait autour de sa boutique et qu'il soupçonnait de vouloir lui voler un fusil. Le matin du crime, cet indigène avait été vu, suivant d'abord à distance, puis devançant le forgeron, qui allait tirer des bécassines sur les bords de l'Habra. La

5.

rivière coule entre des fourrés de tamaris extrê
mement épais, au travers desquels on a tracé
d'étroits sentiers. Au milieu d'une de ces
voies, à deux kilomètres environ du village,
un autre chasseur, M. Garrido, découvrit le
cadavre encore tout chaud et saignant. Le
fusil du forgeron avait disparu, ainsi que sa
poire à poudre, mais il avait encore des cap-
sules plein sa poche. Ce n'était donc pas un
accident et, en soulevant la tête du mort,
Garrido constata qu'il existait au cou une forte
entaille faite par un instrument tranchant, qui
avait coupé la carotide. Le meurtrier devait
être l'arabe, qui avait rencontré plusieurs fois
la victime en chasse et connaissait ses habitudes; il l'avait rejointe, s'était approché d'elle
à pas de loup et l'avait frappée subreptice-
ment. La direction de la plaie indiquait que
l'assassin devait se tenir un peu en arrière au
moment où il porta le coup mortel.

Les gendarmes se hâtèrent de battre le
bois et, guidés par certaines traces, des empreintes de pied nu sur le sable, des bran-
chages froissés, ils ne tardèrent pas à mettre
la main sur l'individu soupçonné, il s'était
lavé à la rivière, mais ses loques n'avaient pas
eu le temps de sécher, et l'on remarquait sur
son visage, notamment dans le pavillon de
l'oreille, de nombreuses gouttes de sang. En

explorant les tamaris, on retrouva le fusil que le meurtrier y avait caché pour le reprendre plus tard, et on ramassa au bord de l'eau une large pierre plate ensanglantée dont il s'était servi pour fouler son linge. L'inculpé nia tout. Sommé d'expliquer d'où provenait le sang de son oreille, il donna successivement plusieurs justifications contradictoires, aussitôt controuvées. Il échappa à la justice des hommes. Etant tombé malade en prison, il y décéda le jour de sa comparution aux assises, et avant l'ouverture des débats (1).

Les magistrats avaient assisté au service funèbre de la victime ; à cette occasion j'entendis le discours le plus évangélique qui pût sortir d'une bouche de prêtre.

« Votre camarade, dit en substance à ses « paroissiens M. le desservant Orliac, était un « très brave homme que j'aimais et respectais, « oui je le respectais, quoiqu'il ne fréquentât « pas les sacrements. Mais il ne lui manquait

(1) Il se laissa peut-être mourir d'inanition. Il piétinait et jetait ses aliments dans le baquet aux ordures. Le gardien chef de la prison me dit qu'il avait l'intention de le faire manger par force. Je le lui déconseillai. L'homme est le maître de sa vie, et il a le droit de se faire justice sur sa propre personne. Je trouve abominable et arbitraire l'emploi de la sonde œsophagique pour contraindre à vivre un malheureux que le remords écrase et qui veut mourir.

« qu'un peu de piété pour être parfait, et j'ai
« trop de confiance en la miséricorde divine
« pour ne pas croire que son âme ira où vont
« celles des justes. S'il a eu tort de maltraiter
« l'Arabe, sa déplorable fin rachète cette faute
« et au-delà, il a peut-être aussi un peu payé
« pour d'autres, et en cela c'est un martyr.
« Cette mort contient pour vous un double
« enseignement. Elle vient comme un voleur,
« *sicut fur*, et il faut toujours être prêt à pa-
« raître devant Dieu. En second lieu, elle vous
« avertit de vous garder, non pas seulement
« en vous tenant toujours sur la défensive,
« mais en vous préservant de la violence,
« des provocations, des mouvements de co-
« lère. Nous sommes sur une terre conquise,
« et les vaincus ne nous aimeront que si nous
« les traitons avec douceur, comme c'est notre
« devoir de civilisés et de chrétiens. Tout à
« l'heure, quelques-uns d'entre vous voulaient
« écharper l'assassin. Ils ont écouté les plus
« sages, et laissé cet homme à la justice, à qui
« il appartient. J'irai plus loin, et je vous rappel-
« lerai que notre religion ordonne aussi de
« prier pour ses ennemis, de pardonner à ceux
« qui nous ont offensés. Accompagnons notre
« regretté ami à sa dernière demeure, et pro-
« mettons-nous sur sa tombe d'être prudents,
« charitables et de tenir toujours notre con

« science préparée pour le moment suprême ».

Ce n'est pas à cet ecclésiastique qu'auraient pu s'appliquer les paroles d'un prélat célèbre, qui, un jour où un préfet se faisait auprès de lui l'écho de plaintes portées par ses administrés contre leur curé, répondit à ce haut fonctionnaire : « Je suis impuissant à remédier à « ce mal ; il ne m'arrive ici que les membres « des compagnies de discipline du clergé. »

Ce haut dignitaire de l'Eglise montrait en cette occasion plus d'esprit que de charité, et même de justice. J'ai bien rencontré en Algérie quelques soutanes intrigantes ou impudiques, comme il s'en trouve partout, mais en même temps beaucoup de prêtres pleins de vertu et de dévouement, et l'on ne saurait oublier que, lors du naufrage du Borysthène, le vicaire de Sidi Bel-Abbès, qui était parmi les passagers, sauva deux personnes et périt en cherchant à en retirer une troisième des flots. Il est aussi de notoriété que, pendant la grande famine de 1867-68, ils avaient tous ouvert leurs presbytères aux affamés. Nos prêtres, qui sont d'ailleurs, particulièrement révérés des Musulmans en leur qualité de ministres du culte, exerçant des fonctions sacrées, ont conquis d'autre part de vives sympathies dans l'indigénat par leur esprit de tolérance et leurs pratiques d'humanité.

RAPTS

Les Berbères Marocains appartiennent à une race robuste et laborieuse qui ne peut pas toujours se procurer la subsistance sur son propre sol. De tout temps, il en est venu des bandes en Algérie, où ils trouvent une main d'œuvre rémunératrice. Quelques-uns arrivent par terre, d'autres, en plus grand nombre, par mer, sur des barques non pontées, qu'ils manient à la rame, longeant la côte et, à la menace d'un grain, se réfugiant dans la crique la plus voisine, où ils tirent quelquefois leur embarcation hors de l'eau et ne la remettent à flot qu'après l'orage. Quand le marocain a gagné de quoi acheter un cheval, une femme et un fusil, il quitte le chantier et retourne en son pays. Il y a danger pour lui à

effectuer le retour par la voie de terre. La
plupart périssent assassinés dans les tribus,
où l'on n'ignore pas qu'ils passent la bourse
garnie, et comme ces crimes sont inconnus,
ils restent impunis. Mais si l'on risque sa vie
à voyager ainsi, ceux qui repartent par mer
sont en revanche un fléau redouté des populations indigènes habitant la côte. Plus d'une
fois un douar a été assailli de nuit par des
gens qui venaient en enlever les femmes et
les filles. On se fusillait dans l'obscurité en
d'acharnés combats, dont on savait seulement
l'issue au jour. Je tiens le fait de plusieurs
indigènes des environs d'Aïn-el-Turck, dont
un avait, depuis ces rencontres, une balle
enkystée dans le corps. Cependant, comme à
mesure que nous prenions possession du
pays, la sécurité s'y affermissait pour les indigènes ainsi que pour nous, des incursions de
ce genre offraient des périls de plus en plus
grands aux agresseurs et, n'osant plus guère
employer la force, ils s'étaient mis surtout à
faire usage de la ruse. On n'enlevait que rarement par la violence, mais on avait recours
à des procédés de détournement.

Un jour deux fillettes du village nègre d'Oran
disparurent de chez leurs parents. Le lendemain
elles n'étaient pas rentrées. En s'informant, la
famille apprit qu'elles avaient été vues sur le

chemin de Mers-el-Kébir en compagnie d'une vieille femme indigène adonnée au proxénétisme. Celle-ci, bientôt retrouvée par la police et amenée au Parquet, avoua avoir conduit les enfants à bord d'une balancelle espagnole en partance, où deux Marocains les attendaient pour les emmener avec eux dans leur pays. L'état de la mer n'avait pas permis de démarrer, mais elle se calmait ; il fallait se hâter, si on voulait empêcher l'enlèvement.

Le commissaire accosta au moment où l'on se disposait à lever l'ancre. Le magistrat éprouva quelque difficulté, quoique dans des eaux françaises, pour visiter le bateau, dont le patron se plaignait qu'on violât son bord et ne menaçait de rien moins que d'une guerre avec le gouvernement espagnol. Mais quand le susceptible marin apprit qu'on n'en voulait pas plus à son argent qu'à sa personne et qu'on n'exigeait nullement de lui le remboursement du prix de la traversée qu'il avait préalablement empoché, il livra sans plus de vergogne même avec accompagnement de bourrades, ses passagers, qui s'étaient présentés à lui comme les pères des deux fillettes, et dont le mensonge l'exposait à compromettre le bon renom de l'Espagne.

Les enfants avaient été bourrées de friandises et de sucreries par leurs ravisseurs, et s'étaient si bien attachées à eux qu'elles n'entendaient à aucun prix les quitter. Les parents ne se montrèrent pas bien méchants. « Pourquoi, disent-ils, au lieu de payer cette vieille « carogne, n'être pas venus nous trouver ? « Nous aurions pu nous arranger. » On s'arrangea. Les Marocains versèrent une somme assez ronde, ils épousèrent et emmenèrent leurs petites femmes à la satisfaction de tous.

Malgré la surveillance inquiète dont sont entourées les femmes des douars, il arrive quelquefois qu'elles s'enfuient pour suivre un amant qui ne souffre point de partage avec le mari. Mais on n'aime pas les esclandres de ce genre dans les tribus. Tout le monde y garde le silence, et l'autorité n'est avertie que par l'éclat des vengeances, et encore y a-t-il entente de tous côtés pour lui laisser ignorer les choses.

On a vu des amants tuer leur maîtresse pour l'empêcher de retomber au pouvoir du mari, et l'on m'a montré une falaise escarpée d'où un couple adultère s'était, selon la légende, précipité pour se soustraire aux poursuites : j'ai campé aussi à l'ombre d'un pistachier, sous lequel, quelques années auparavant, s'était livré un combat terminé par la mort des deux amoureux et de l'époux outragé.

PUDIBONDERIE ARABE

La pudeur est-elle innée, instinctive chez la femme, ou lui vient-elle uniquement de l'éducation ? Les deux thèses ont été soutenues, et la conclusion à tirer serait sans doute que l'éducation trouve dans le cœur féminin une disposition naturelle qu'elle ne fait que développer et affermir. Comment tirer de notre âme ce qui n'y serait point ! La sensibilité morale ne se fabrique pas. Elle est une propriété de notre être, de même que la sensibilité physique. L'éducation, qui est elle-même un artifice, donne seule à nos sentiments ce qu'il y a en eux d'artificiel. Mettons donc que la pudeur est une qualité naturelle, mais elle se terre quelquefois, il faut le reconnaître, si profondément, qu'à en juger aux simples

apparences on la croirait absente. Sans parler
des impudicités professionnelles que nous
voyons journellement s'étaler sur les trot-
toirs, il y a de tels milieux dans lesquels on
constate comme une inconscience de cette
décence extérieure, qui est pour la femme un
charme et une défense, une parure et une
armure. La femme arabe, prise en masse,
semble ignorer la pudeur. Elle sort voilée,
ne découvrant qu'un œil, qui doit servir uniquement à guider sa marche, mais ce masque
imposé par la jalousie conjugale, elle le porte
à regret et s'empresse de le faire tomber dès
qu'elle ne se sent plus surveillée. Elle met
alors une sorte d'affectation à montrer à tous
son visage et sa gorge. Elle provoque comme
nos rouleuses des villes, et quand elle n'appelle pas l'homme, si celui-ci prend les
devants et lui demande ses faveurs, jamais elle
ne les refuse. Elle se donne passivement,
comme obéit une bête ou une chose, paraissant considérer que sa destination est le plaisir
de l'homme et son rôle à elle la soumission absolue.

Par contre, la pudicité arabe semble s'être
réfugiée et monopolisée chez le sexe fort.
Pour s'informer auprès d'un Musulman algérien de la santé de sa femme, ou même de ses
enfants, qui font penser à elle étant sortis de

ses entrailles, il faut prendre des ménage
ments et recourir à des périphrases. Aller
droit au but, c'est s'exposer à blesser la délicatesse de votre interlocuteur. Les Musulmans éprouvent de même une très vive répu-
gnance à découvrir leur corps devant des
témoins, et lorsque l'un d'eux est obligé de se
dépouiller de ses vêtements pour permettre
certaines constatations judiciaires, on remarque que ses coreligionnaires présents ont
soin de détourner la tête, afin de lui éviter la
honte de paraître à leurs yeux dans sa nudité.
Telle est l'énergie de ce sentiment qu'on a
vu des indigènes inculpés de faits graves
dont ils étaient innocents, s'avouer coupables
dans l'espoir d'échapper à cette visite, à
laquelle on les soumettait d'ailleurs en dépit
deleurs protestations. Nous allons en citer
un exemple tout à fait topique.

Un colon avait chargé sur sa charrette des
sacs de blé qu'il se disposait à porter le lendemain de très bonne heure au marché. Le
véhicule était dans la cour de la ferme, placé
devant la fenêtre de la chambre à coucher.
Pendant la nuit, le propriétaire entendit du
bruit, et il vit un grand Arabe en train d'enlever un sac. Il sortit armé d'une barre et se
mit à la poursuite du voleur, qui lâcha sa prise
mais après avoir reçu un coup qui le fit tré-

bucher. Le malfaiteur s'enfuit dans la direction d'un douar voisin, et le colon ayant vu,
grâce à la clarté de la nuit, deux autres indigènes qui poussaient devant eux une bête
de somme déjà chargée, n'osa leur donner
la chasse. En rentrant chez lui, il constata que
deux sacs avaient été soustraits.

Je me trouvais dans ces parages pour une
autre affaire. Aussitôt informé, je fis opérer
dans le douar suspect des fouilles qui n'abou-
tirent point, les voleurs ayant eu le temps
de jeter le grain dans des silos. Mais la victime désigna parmi les habitants du douar
celui à qui elle croyait avoir asséné le coup de
trique dont l'empreinte devait marquer sur
son dos. J'ordonnai à cet individu, qui naturellement opposait des dénégations, de se dés-
habiller. « Inutile, dit-il alors, d'ôter mes
vêtements, je préfère avouer. » Il pouvait
revenir ultérieurement sur cet aveu, et le
seul moyen de prouver la culpabilité, c'était
d'établir l'ecchymose. J'avais précisément un
docteur avec moi. Lorsque l'inculpé fut
convaincu que, malgré ses dires, j'allais
le faire examiner, il se rétracta. Injonction
lui fut tout de même réitérée, avec menace
aux gens du douar d'obliger tout le monde de
se dévêtir jusqu'à découverte du coupable.
Alors il se forma un petit groupe où je vis

qu'on se livrait à un entretien assez animé.
Un individu, assez semblable par la taille au
premier, s'en détacha et vint se déclarer
coupable. C'était lui qui avait reçu le coup et
l'échine lui faisait grand mal; il se mit aussitôt
à pousser des gémissements, qui devaient
nous convaincre qu'il souffrait beaucoup et
nous apitoyer sur son sort.

Pas plus que son camarade il n'entendait
s'exhiber sans vêtements, mais quand il com-
prit qu'on ne céderait pas, il pria d'éloigner
ses coreligionnaires présents, puis descen-
dant dans un enfoncement du sol, afin de se
mieux cacher encore à leurs regards, il se mit
complètement à nu. N'ayant pris de sa vie un
bain, il était couvert de sa crasse native et
puait comme un rat mort. On dut le laver pour
retrouver bien nettement sur son corps la
trace du coup, qui se prolongeait en effet d'une
épaule à l'autre. Il eût autant aimé, disait-il,
qu'on lui coupât la tête que de montrer ainsi
sa nudité, et il ne s'y serait jamais résolu
devant des Musulmans.

Un officier des bureaux arabes m'a rapporté
un trait d'un autre genre, mais non moins
caractéristique de cette étrange pudibonderie.
Il instruisait un double meurtre commis par
un mari sur sa femme et l'amant de celle-ci.
Ces malheureux avaient été fusillés à bout

portant et dans une telle posture, que la même chevrotine, après avoir de part en part traversé le corps de l'homme, était entrée dans la poitrine de sa complice. L'inculpé se refusait à avouer l'évidence. Il se reconnaissait bien l'auteur du crime, mais il ne voulait pas convenir des circonstances dans lesquelles il l'avait exécuté, et surtout il fut long à en confesser les mobiles. Il fallut lui arracher les paroles une à une.

« Je les ai tués, disait-il, parce que je soup-
« çonnais ma femme d'infidélité. — Qu'est-ce
« qui te le faisait présumer ? — J'avais vu
« l'homme la regarder pendant qu'elle allait
« à la fontaine. — N'y avait-il pas autre chose ?
« — Il l'a suivie, elle s'est retournée, et alors
« il lui a fait des signes. — Est-ce là tout ? —
« Je les ai vu causant sous un arbre. — C'est-
« il à l'endroit où tu les as frappés ? — Oui, à
« cette place. — N'est-ce pas le même jour ? —
« C'est au même moment. — Étaient-ils bien
« rapprochés ? — Non, à quelques pas l'un
« de l'autre ? — Comment le même projectile
« a-t-il pu les atteindre ? — Je ne sais pas. »

Pressé de questions et persuadé par l'offi-
cier qu'il aggraverait son cas en dissimulant la vérité, il finit par lui dire à l'oreille et en rougissant beaucoup : « Quand j'ai tiré,
« l'homme était avec la femme comme la
« baguette dans le fusil »

Le village de Bou-Tlélis, dans le département d'Oran, est un centre de pèlerinage musulman qui, à de certaines dates, réunit plusieurs milliers de fidèles autour du tombeau d'un saint célèbre de l'Islamisme. L'*Ouada* (fête patronale) dure trois jours, pendant lesquels on s'y livre à toute sorte d'exercices religieux et profanes, prières publiques, prédications, fantasias fumantes, agapes pantagruéliques, jeux athlétiques, notamment le *Rahba* (boxe et savate indigène), danses au son du tambourin et d'une flûte appelée *Gasba*, même des concours de poésie. La frairie ransforme l'humble bourgade en une Olympie arabe. Il n'y a pas dans ces foules que des gens accourus pour se sanctifier ou se divertir.

on y rencontre nombre de chevaliers d'industrie à l'affût de dupes et familiers avec toute
espèce de fraudes, ici soulageant le passant de son porte-monnaie, là, dévalisant les
fermes laissées sans surveillance par la
badauderie des colons. D'autres dédaignant
ces vulgaires exploits, qui les exposent d'ailleurs à se faire surprendre, se contentent pour
le moment d'observer, d'explorer les lieux,
d'étudier les êtres, afin de se préparer les
voies et moyens de coups à tenter plus tard,
lorsque la fête sera passée, et qu'il n'existera
aucun lien apparent entre le rassemblement
pieux et des actes de pillage.

M. Bertrand, boucher à Oran, et en même
temps éleveur émérite, possédait entre Bou-
Tlélis et Lourmel, de vastes pâturages, où il
nourrissait des troupeaux de moutons et de
bœufs et quelques chevaux. Ces animaux
étaient sous la garde de domestiques indigènes, dont il ne soupçonnait point la fidélité
et qu'il avait bien armés. Les malfaiteurs ne
s'étaient jamais hasardés à les affronter. Le
bétail passait la nuit dans des écuries ou sous
des hangars, sis en un des côtés d'une en-
ceinte bâtie, au milieu de laquelle les gardiens
avaient l'habitude de coucher, à la belle étoile
durant la saison chaude, sous une tente en
hiver.

6

Bertrand, qui, grâce à ce système défensif, se trouvait à l'abri des rapines, n'en fut pas moins victime d'un vol exécuté avec beaucoup d'audace et d'adresse, quelques jours après l'Ouada. Il avait une jument grise suitée, bête de race, fort élégante, dressée à toutes fins, qu'il montait ou attelait à son tilbury, et que les Arabes, grands amateurs de chevaux et qui prisent surtout les femelles, regardaient d'un œil de convoitise.

Par une nuit « au vêtement noir et ruisselante de pluie », selon la poétique image des indigènes, des malfaiteurs pratiquèrent, sans bruit, de l'extérieur, une large brèche dans le mur de l'écurie, et ils s'emparèrent de plusieurs chevaux. Dans le lot se trouvait la belle jument *Mousseline*, dont la possession excitait tant d'envies, mais ils n'emmenèrent pas son poulain, craignant probablement qu'il n'embarrassât leur fuite.

Les ravisseurs appartenaient sans nul doute à une de ces associations de brigands, qui ont des affiliés campés d'étape en étape depuis le Tell jusqu'aux confins du Maroc, et dans lesquelles une organisation méthodique assigne à chacun son rôle distinct. Les uns vont en éclaireurs, sondant le terrain, cherchant les défauts de cuirasses, épiant l'occasion ; d'autres se chargent de l'exécution ; d'autres

effectuent la vente des produits de ces lar-
cins. Les indigènes d'un même douar, ou
d'une même tribu, se volent rarement entre
eux. Ils se concertent pour le pillage de tribus
éloignées, et plus volontiers encore pour
mettre à sac des établissements Européens.
Les fermes de nos colons sont aussi plus fréquemment dévastées par des étrangers que
par des gens de leur voisinage. Ces derniers
leur enlèvent surtout des choses de peu de
valeur et faciles à faire disparaître, des poules,
des moutons, du grain ; mais souvent, il se
rencontre parmi eux des complices de bandits
venus de loin et qui comptent opérer une
razzia importante.

Bertrand, en homme expérimenté, ne perdit
point son temps à chercher autour de lui les
voleurs de ses chevaux ; il mit seulement des
limiers en campagne, promettant une *béchara*
(prix de la bonne nouvelle) à ceux qui lui four-
niraient des renseignements utiles. Ce procédé, qui réussit souvent, ne donna cette fois
aucun résultat. et Bertrand, n'espérant plus,
depuis plusieurs mois, retrouver les bêtes
volées, se résignait à en faire son deuil ;
mais le hasard lui ménageait une agréable
surprise.

Un matin de mai, il partit de sa propriété
pour se rendre au marché de Tlemcen. A peine

avait-il dépassé le village de Lourmel, qu'il
aperçut sur la route un cavalier arabe venant
au sens inverse, dont la monture avait un
port de tête et des actions qui frappèrent son
attention. Elle lui rappelait Mousseline. A mesure que le cavalier se rapprochait, s'accen-
tuait la ressemblance. A trois pas, il n'eut plus
de doute, c'était bien sa jument favorite.
Mousseline de son côté reconnaissait son
maître, et elle vint le flairer avec des hennissements joyeux. Toutefois, ce n'était plus la
brillante cavale d'antan.

Les Arabes disent qu'il n'existe pas d'homme
complet sans le cheval, que c'est le compagnon inséparable du travail, des souffrances,
des plaisirs et de tous les incidents de la vie
et, à l'exception des gens de grande tente qui
ont des chevaux de luxe, qu'ils entourent de
soins particuliers et soustrayent jalousement
aux besognes viles, l'indigène emploie le sien à
tous usages, labours, transport de fardeaux,
courses rapides et longs voyages. La pauvre
bête avait beaucoup souffert, sa maigreur et
son poil terni dénonçaient le râtelier le plus
misérable et un surmenage habituel.

Bertrand sauta de sa voiture, et saisissant
la bride de Mousseline : « Cette jument est à
« moi, tu me l'as volée, descends vite et hâte-
« toi de filer. — Roumi, passe ton chemin, où

« gare à ta tête », et le cavalier brandissait une matraque menaçante. Mais le colon ne se laissa pas intimider, tirant de sa poche un rouleau de cuir qui était un simple portefeuille, mais que l'arabe prit pour l'étui d'un revolver. « Si tu n'obéis pas, s'écria-t-il, tu es mort. » Le cavalier eut peur et se rendit.

La jument fut mise en fourrière, et le surlendemain la justice se transportait sur les lieux afin de procéder à certaines expériences demandées par Bertrand dans sa déposition. Il avait dit : « La jument obéit à « ma voix. Je l'appelle par son nom, elle vient « vers moi. Elle restera sourde à tout autre « appel. Conduisez-la à l'abreuvoir communal, « qui est à deux cents mètres de ma ferme. « Elle boira à longues lampées, en redressant « de temps à autre le cou, et si vous la lâchez, « elle ira toute seule d'un pas relevé prendre « sa place à l'écurie. J'ai plusieurs poulains. « Mettez-les autour d'elle. Mousseline ira vers « le sien, et écartera les autres avec la tête, « ou à coups de pied, s'ils résistent. Déchargez « un fusil près de son oreille gauche, elle se « détournera, près de la droite, elle demeu- « rera immobile. Elle a sous la queue, au- « dessus de l'orifice anal, une excroissance « noire de la dimension et de la forme d'un « haricot. Si on presse du doigt, elle fera un « mouvement en avant ».

Toutes ces allégations, aussitôt contrôlées par l'épreuve, furent reconnues exactes. Les indigènes du voisinage, présents en grand nombre étaient ébahis, et l'inculpé, cessant de se défendre, murmura quelques paroles, que l'interprète, M. Tabet, traduisit ainsi : « Il n'y a de ressource et de puissance qu'en « Dieu, l'élevé, l'immense ». Le détenteur de Mousseline n'était pas l'un des voleurs. Il avait acquis d'eux la bête, et ils s'étaient bien gardés de lui en révéler la provenance. Averti, il ne l'eût jamais conduite dans ces parages. Néanmoins il ne put justifier d'une acquisition régulière, et il paya pour les coupables.

RENOUVELÉ DES GRECS

La fourberie arabe est féconde en stratagèmes, et ses méfaits s'accompagnent quelquefois d'inventions ingénieuses, quelquefois aussi de procédés baroques. Tous ceux qui ont fait de l'instruction criminelle en Algérie, peuvent se rappeler des ruses sans analogie avec les pratiques ordinaires relevées dans nos dossiers de Cour d'assises. Je retrouve dans mes souvenirs, un trait dont je ne connais d'exemples que dans la mythologie et dans les romans de Fenimore Cooper, et je n'ai pas besoin d'ajouter que le double artifice indiqué dans ce très véridique récit, n'était pas imité des Grecs ou des Peaux-Rouges par des gens qui ne soupçonnaient ni l'antiquité classique,

ni l'existence des peuplades sauvages améri-
caines.

M. G..., fonctionnaire de l'Etat, avait envoyé
son cheval au vert, chez un colon de la plaine
du Chéliff. Quelques jours après, on lui apprit
que sa bête avait été volée, avec d'autres, pendant la nuit. Il y avait eu une effraction qu'il
importait de constater, et je me transportai sur
les lieux. L'habitation du colon était située sur
la rive droite du fleuve, près des bords, en haut
d'une berge assez élevée et au débouché d'un
gué. Comme toutes les fermes un peu cossues,
elle formait un carré long, cour intérieure,
maison au fond, sur les côtés hangars servant
d'écuries, de grange et de remise, en avant un
mur dans lequel s'ouvrait un portail garni
d'armatures solides.

Le propriétaire, ses fils, deux gars robustes,
et un valet de charrue, tous munis de bonnes
armes et renforcés d'un gros chien, très
redouté des maraudeurs, dont plus d'un avait
senti sa dent, formaient la garnison. Mais on
était à la saison du rut, et César, sa pâtée avalée, trouvant la porte ouverte, avait pris la clef
des champs pour aller conter fleurette à ses
congénères femelles des environs; or, en courant après Vénus, il passait à Mercure. Son
escapade était sans doute connue des malfaiteurs, peut-être même, l'avaient-ils favorisée.

Ses maîtres eurent beau l'appeler, le chercher, il fut sourd et introuvable ; cependant sa fuite ne préoccupa pas tellement, qu'on ne s'endormît en pleine confiance.

Rien ne troubla le sommeil de la maisonnée ; mais au point du jour, le premier qui se leva constata qu'il manquait quatre chevaux et qu'il existait dans un mur du hangar, une brèche énorme tout fraîchement pratiquée ; il n'avait pas été difficile de l'opérer sans bruit. Ces murailles, fort peu épaisses, sont construites en cailloux soudés entr'eux par du mortier et de la boue. Il suffit de gratter avec un couteau, l'on met à nu un caillou, on le détache et on en tire ensuite tant qu'on veut à la main. Le poids total du mur étant en somme assez léger, rarement la partie laissée intacte s'écroule. C'est ainsi qu'avait été perpétré le vol, et jusque-là on ne relevait que l'emploi de moyens d'un usage très vulgaire.

Les chevaux devaient avoir laissé des traces sur le sol détrempé par une pluie récente, et on en remarquait en effet de nombreuses, sur l'identité desquelles aucun doute ne pouvait s'élever, car ils étaient ferrés à la française. Elles conduisaient à la rivière ; seulement, au lieu d'y mener, elles en venaient. Des empreintes de pieds d'hommes s'y trouvaient mêlées, et suivant la même direction. On en observait une seule allant en sens inverse et celle-là parfaitement reconnaissable, grâce à cette particularité qu'elle avait été faite par un pied difforme.

Il était évident que les malfaiteurs avaient usé de l'artifice imaginé par Cacus pour voler les bœufs d'Hercule.

Plusieurs hommes avaient tiré les animaux par la queue, tandis que un autre, celui du pied contrefait, les frappait sur le muffle pour les faire aller à reculons. Les conducteurs de bestiaux disent qu'un animal rétif communique quelquefois son indocilité à tout un troupeau, et qu'il faut prendre des biais pour s'en rendre maître. C'est peut-être à cause d'une résistance de ce genre qu'ils avaient eu recours à une ruse insuffisante pour dérouter les poursuites et qui, par sa complication, les exposait à être surpris.

Toutefois, quoique peu compréhensible autrement, cette manœuvre était peut-être préméditée, à en juger par ce qui suivit, où l'on ne peut voir que l'exécution d'un plan formé d'avance. Nous traversâmes la rivière. Nul vestige sur la rive opposée. Les chevaux ne s'étaient pas envolés, ils n'avaient pas non plus été transportés en bateau, aucune embarcation n'existant dans ces parages, hormis celles des pontonniers qui se trouvaient plus loin, et sur lesquelles les malfaiteurs n'auraient pu, sans se jeter dans la gueule du loup, demander le passage à nos soldats.

Ils avaient adopté ici une tactique en usage chez les sauvages dont le grand romancier américain a décrit les mœurs, et marché dans le lit jusqu'à la rencontre d'un autre gué. Il en existait deux dans le voisinage, l'un en amont, l'autre en aval : mais le trajet eût été impraticable par l'amont, à cause de la profondeur de l'eau. Nous suivîmes en conséquence le courant jusqu'au gué d'aval, situé à une demi-lieue plus bas. Là, sur la rive gauche, nous retrouvâmes les traces accusatrices, et en plus une vieille couverture maculée de sang, reconnue aussitôt pour celle d'un des chevaux volés, qui avait une blessure au garrot.

Les ravisseurs avaient abordé en territoire militaire, et toutes empreintes se perdaient presque aussitôt sur un terrain herbu. Aucune chance de les atteindre, à raison de l'avance considérable qu'ils avaient et de la fatigue de nos montures. Comme nous songions à la retraite, nous vîmes venir vers nous deux indigènes qui, en apercevant notre groupe, nou firent des signes et hâtèrent le pas. La victime du vol, qui nous accompagnait, les reconnut pour des habitants d'un douar de son voisinage, avec lesquels il était en bonnes relations et qu'il ne soupçonnait d'aucune complicité.

Ces gens-là revenaient de Téniet-el-Had, où ils s'étaient rendus dès la veille pour le marché. Ils avaient croisé les malfaiteurs dans la matinée, mais bien loin. « Nous passions, « dirent-ils, près d'un ravin, du fond duquel « nous avons entendu monter des cris « d'hommes et des hennissements de che- « vaux. Cela nous a paru suspect et nous nous « sommes approchés, mais avec précaution « et en évitant de nous montrer. Il y avait là « quatre chevaux et autant d'hommes, des « étrangers, dont l'un, portant un fusil, parais- « sait faire le guet. Un autre était en train de « raser la queue et la crinière des chevaux, « tandis que le troisième et le quatrième les « marquaient aux épaules au moyen d'un fer « rouge chauffé sur un feu de broussailles. »

Ces opérations avaient pour but de donner aux bêtes volées, en dénaturant leur appa- rence, une sorte de certificat d'origine arabe. Dans certaines tribus on a, en effet, l'habitude de marquer les bestiaux, principalement les chevaux, d'un signe particulier qui peut, à l'occasion, les faire reconnaître, et l'animal ainsi estampillé porte en quelque sorte son passe-port ostensible.

Ces précautions ne mirent cependant pas les voleurs complètement à l'abri. L'année suivante deux chevaux furent retrouvés. Les détenteurs justifièrent qu'ils les avaient acquis sur les marchés, ce qui en régularisait la possession entre leurs mains ; mais en remontant aux vendeurs primitifs, on finit par découvrir que l'un d'eux avait participé directement à la soustraction frauduleuse, et même on saisit chez lui un cheval remarquable par son poil de blancheur immaculée, robe très rare dans la couleur, où les sujets pommelés dominent, qui fut reconnu pour le cheval de M. G.....

EXÉCUTIONS CAPITALES

Au cours de dix années de magistrature en Algérie, en des périodes où la statistique criminelle était très chargée, j'ai eu à informer dans nombre d'affaires pouvant aboutir à des condamnations capitales, et quand je me retourne pour regarder dans mon sillage, je n'y trouve que trois têtes coupées. Les traits des visages me sont restés dans les yeux, le son des voix dans l'oreille, comme les noms dans la mémoire. Je me rappelle les moindres détails de ces procédures, et quand ma pensée s'y reporte, ma conscience ne ressent aucun trouble. Si j'avais participé à l'arrêt, peut-être, dans deux cas où les victimes survécurent, me serais-je apitoyé et personnellement refusé à une répression sanglante.

Mais sur la culpabilité il n'y avait pas l'ombre d'un doute, à moins de tenir sans raison pour mensongères les dépositions des témoins. Deux fois les assassins avaient été formellement désignés par leurs victimes, qui les connaissaient avant le crime et n'avaient aucun motif de les accuser à faux. Dans la troisième affaire, le résultat des confrontations ne permettait pas d'hésiter.

I

Mohammed-ben-Djillali et un autre Arabe resté inconnu avaient assailli à coups de bâton, pour les dépouiller, dans les environs du village de Sainte-Barbe-du-Tlélat, deux colons qui rentraient chez eux sans méfiance.

Les victimes, frappées avec acharnement, avaient été laissées pour mortes sur le sol. Des passants les relevèrent et les transportèrent à l'hôpital de Saint-Denis-du-Sig, où des soins empressés les ranimèrent. Dès que ces malheureux eurent la force de parler, ils furent entendus et, sur leurs déclarations, on arrêta Mohammed-ben-Djillali. Il avait encore en sa possession un des porte-monnaies volés. Conduit à l'hôpital pour y être confronté, il fut malgré des efforts visibles pour dissimuler son visage dans les plis du haïck, reconnu

entre plusieurs indigènes d'apparence assez
semblable à la sienne et vêtus comme lui. Un
individu arrêté en même temps à raison de sa
mauvaise réputation et de son intimité avec
Mohammed, mais qui n'était pas, comme son
co-inculpé, connu antérieurement des colons
attaqués, avait aussi en sa possession un porte-
monnaie que l'une des victimes croyait être
sien. Malgré sa ressemblance avec le second
agresseur, on n'osait positivement affirmer
qu'il fût l'un des coupables et, à l'audience,
ce porte-monnaie n'ayant pas été définitive-
ment reconnu, la cour l'acquitta. Ben-Djillali
fut exécuté sur la place publique de Sainte-
Barbe-du-Tlélat. Il avait été transféré, la veille,
de la prison d'Oran dans ce village.

On l'avertit de se préparer à partir, sans
l'informer du but de son voyage.

Il exprima alors le désir de me parler et
l'on s'empressa de l'amener au cabinet
d'instruction, pensant qu'il voulait faire des
révélations.

« Sais-tu, me dit-il, où l'on m'envoie? Est-ce
« au Tlélat ou à Cayenne? — En quittant la
« prison, tu l'apprendras. N'as-tu rien à ajouter
« à tes dires précédents? — Non, je voulais
« savoir si j'irais à la mort ou à la vie. Je crois
« cependant que si j'avais obtenu une grâce, on
« ne serait pas si mystérieux. — Tant que tu as

« la tête sur tes épaules, tu peux espérer. — Sans
« doute, reprit-il, mais je n'ai plus de confiance
« qu'en Dieu, et je désirerais bien déposer
« en passant une offrande dans le marabout,
« qui est à côté du tribunal », et il regar-
dait les bougies de mes candélabres. Je le
compris, j'en pris une et je la lui donnai. —
Une des personnes qui assistaient à la dernière toilette remarqua que le bourreau, après
avoir échancré la chemise, mettait en souriant
une petite tape caressante sur le cou charnu
du condamné. Geste esthétique d'artiste
satisfait de la matière offerte à son outil.

Mohammed-ben-Djillali marcha au supplice
avec la fermeté sereine de ses coreligionnaires
qui ne connaissent à cet instant ni forfanterie
ni faiblesse et meurent, si grands scélérats
soient-ils, comme des héros ou des martyrs.
Pendant le trajet, le curé de la paroisse lui
demanda la permission de l'assister à son
suprême moment. Le condamné y consentit.
Arrivé sur la plate-forme, le prêtre l'embrassa
et fit sur son front l'imposition des mains
avec un geste que M. le substitut Bezombes,
présent à l'exécution, prit pour le signe de la
croix. Les indigènes, qui affluaient, remer-
cièrent vivement, après l'expiation, cet ecclésiastique, qu'ils auraient lapidé s'ils s'étaient
doutés qu'il venait de faire chrétien un
Musulman.

II

LA LÉGENDE DES TÊTES RECOUSUES

M. Marcou, petit entrepreneur à Saint-Denis-du-Sig, partit un matin à pied pour Per-régaux, où il avait affaire. Au sortir de la ville, il fut accosté par un jeune Arabe, dont il igno-rait le nom, mais qu'il avait vu plusieurs fois dans les rues. Cet indigène s'offrit pour faire route avec lui. Marcou qui aimait beaucoup à parler, fut enchanté de trouver un compagnon avec lequel il pourrait jaser tout à son aise, sans être interrompu. À mi-chemin, les voya-geurs eurent à traverser le lit d'un torrent desséché. Le sentier pour descendre était étroit et raide, l'Arabe s'effaça pour laisser Marcou passer devant. Au moment où celui-ci allait remonter la pente opposée, il reçut sur la tête une grêle de coups de matraque et il tomba baigné dans son sang. Avant de perdre connaissance, il vit son compagnon se pencher sur lui pour le fouiller et il sentit qu'on lui enlevait son 'argent. Inutile de rappeler comment il fut recueilli et sauvé et dans quelles circonstances on mit la main sur son agresseur.

L'assassin nommé Mohammed-ben-Méhed subit la peine capitale à Oran, un jour où il y avait une quadruple exécution. Cet indigène n'avait pas de famille qui réclamât son corps. Les parents de ses coreligionnaires guillotinés avec lui demandèrent qu'on le leur remît pour inhumer les suppliciés ensemble. On roula les cadavres dans des tapis et on les emporta sur des mulets. En traversant le village nègre, qui se trouvait sur le trajet, le cortège s'y arrêta. Le bruit se répandit que cette halte avait pour but de donner à un tailleur indigène le temps de recoudre les têtes sur les épaules. Bien des gens affirmaient que telle était la coutume des Arabes. Un personnage fort au courant des pratiques musulmanes, interpellé avec insistance, en donna, d'un ton équivoque, des raisons qui me parurent imaginées pour mystifier ses interlocuteurs.

Les Musulmans se rasent entièrement la tête à l'exception d'une touffe située au sommet

du crâne, qu'ils ne coupent jamais, par laquelle
l'ange Gabriel les enlèvera en Paradis. Si la
tête arrivait sans le corps au bout de la *Gottaïa*
parmi les houris célestes, des victimes des infi-
dèles seraient, disait-il, privées des délices
promises à tous les croyants dans le séjour des
bienheureux. Cette explication, non dénuée
peut-être de toute vraisemblance, ne paraissait cependant pas absolument plausible eu
égard aux usages de l'indigénat, où la décol-
lation était le mode le plus fréquent des exé-
cutions capitales. Je fis part à un Thaleb de
mes conjectures sur ce point intéressant à
élucider.

« Ce qu'on raconte, me dit-il, n'est qu'une
« invention peu charitable de quelqu'un qui
« ne nous aime point. Nous sommes assez
« pauvres de savoir pour qu'on ne nous prête
« pas des lubies auxquelles notre esprit n'a
« jamais songé. Si vos chirurgiens français
« sont incapables d'une opération pareille, à
« plus forte raison ne trouverait-on chez nous
« personne qui osât la tenter. Mais quand vos
« ensevelisseurs mettent en bière le corps
« d'un supplicié, ils posent la tête à leur fan-
« taisie, quelquefois sous les pieds. Nous
« sommes plus respectueux de la mort ; nous
« replaçons la tête dans sa position naturelle
« sur les épaules. Il est vrai que nous l'assu-

7.

« jettissons quelquefois en entourant le cou
« de linges, mais sans espoir qu'elle se
« resoude au tronc. Si Dieu faisait ce miracle
« il n'aurait pas besoin de notre aide. »

Les deux condamnés étaient des criminels
vulgaires, et il n'a été fait mention d'eux qu'à
cause des circonstances particulières qui se
rattachaient au souvenir de leur exécution ;
nous allons maintenant nous trouver en face
d'un bandit moins banal, dont les exploits
sont devenus légendaires dans la contrée
qui en avait été le principal théâtre.

III

EL-HABIB-BEN-ARBIA

El-Habib-ben-Arbia, indigène d'un douar situé dans le voisinage d'Arzew et de Saint-Cloud, avait été condamné plusieurs fois par la justice. En dernier lieu il subissait une peine dans la maison centrale de l'Harrach. A l'époque des moissons, les bras faisant défaut aux colons, on permettait à des condamnés d'aller travailler dans des fermes. Ils partaient de bonne heure, passaient la journée au milieu des champs, et rentraient à la nuit tombante; ils étaient gardés par des agents de la prison ou des soldats, mais la surveillance ne pouvait s'exercer bien étroitement, à cause

de la dispersion des propriétés. Ces condamnés portaient le costume de la prison, ce qui
dénonçait leur situation à tous ; ils recevaient
un bon salaire, et étaient bien nourris par
l'employeur ; ils appartenaient pour la plupart
à des tribus éloignées de l'établissement péni-
tentiaire ; aussi, malgré le relâchement forcé
de leur garde, avait-on rarement à constater
des évasions.

Quoique signalé comme particulièrement
dangereux, El-Habib-ben-Arbia, avait obtenu,
en affectant pendant quelques mois une conduite régulière, la faveur d'être enrôlé dans
une escouade de travailleurs. Durant plusieurs
jours, il se montra irréprochable, et la confiance
qu'on lui accordait, un peu imprudemment
s'augmenta. Un soir, il manqua à l'appel.
L'autorité donna partout son signalement et
se livra aux plus actives recherches. Ce fut en
vain. On multiplia les espions autour de sa
famille et de son douar. Trop avisé pour se
rendre au milieu des siens immédiatement
après sa fuite, il passa près d'un an à vaga-
bonder.

Quelles aventures marquèrent son odyssée ?
On n'en a rien su, il avoua plus tard avoir
vécu de mendicité ou de rapines, mais quand
on lui demandait de préciser, d'indiquer les
lieux successivement parcourus et les dates

de ses étapes, il se renfermait dans le vague
ou le silence. Il ne revint dans son pays que
lorsqu'il se jugea oublié. Mais son apparition
y jeta la terreur, et les indigènes furent les
premiers à avertir la police. Ils n'étaient pas
plus que les Européens à l'abri de ses dépré-
dations, et ils tremblaient autant pour leurs
personnes que pour leurs biens. On imagine-
rait difficilement un bandit plus effrayant
d'aspect. Je le vois encore avec sa taille gigan-
tesque, sa puissante musculature, ses jambes
de lévrier, sa face couturée et ses yeux louches.
Désarmé, sa force, son agilité et son audace
l'eussent déjà rendu redoutable, et il portait
tout un arsenal sur lui. Au dire de tous ceux
qui le rencontrèrent, il avait toujours deux
fusils en main et la ceinture garnie de pistolets et de poignards. Ces armes provenaient
certainement de vols, peut-être de meurtres.
Il rançonnait les passants et les menaçait de
mort, s'ils se plaignaient. La peur lui avait
fait des complaisants, qui, tout en souhaitant
d'être débarrassés de sa présence, n'osaient
ni révéler ses retraites, ni lui refuser asile.

Dans une même journée, il commit trois
crimes. Le matin il vola, avec violences, des
provisions à un petit Espagnol qu'il rencontra sur la grand'route. Quelques heures après,
apercevant une femme européenne, qui che-

minait seule, il l'entraîna de force dans la
broussaille, la terrassa et se couchant sur elle,
le couteau entre les dents, il la contraignit
de se livrer à lui. Il laissa même un souvenir
vivant à cette malheureuse âgée de plus de
cinquante ans et d'une laideur repoussante.

Le soir, il s'était embusqué derrière un buisson, à quelques centaines de mètres du village d'Arcole, lorsque vint à passer un soldat
du train monté sur un mulet. La bête était de
prise avantageuse. Il fit feu, l'homme tomba.
El Habib se rua sur sa victime pour l'achever
à coups de bâton. Mais celle-ci résista et appela du secours. Le maire d'Arcole, M. Fabre,
qui habitait une maison isolée et prenait
le frais dans sa cour, entendit les cris. Il
accourut intrépidement. L'assassin se sauva
en le voyant venir. Le militaire blessé donna
le signalement de son agresseur. Le petit
Espagnol et la femme violée avaient déjà porté
plainte, et les indications fournies par eux ne
permettaient pas de douter que ces divers
attentats ne fussent l'œuvre d'un même auteur.
On les imputa à El-Habib-ben-Arbia, et de
renseignements aussitôt recueillis, il résulta
que cet indigène, qui devait craindre pour
sa sécurité en dépassant un certain rayon,
se cantonnait dans un espace, où il serait
possible de le cerner et de le capturer.

La justice se transporta sur les lieux. Pendant que le juge d'instruction faisait ses constatations et entendait les témoins, le Procureur impérial, M. Robinet de Cléry, battait la broussaille avec une escorte de gendarmes. Ce magistrat trouva dans une masure abandonnée les traces d'un séjour récent de l'inculpé. El-Habib ne put être découvert, cependant on passa très près de lui, s'il faut l'en croire. Au cours d'un de ses interrogatoires, il dit à M. Tabet, l'interprète : « Le cheval du « Procureur a frôlé un lentisque où je m'étais « caché. J'étais fort tenté de descendre le « cavalier et toi-même, mais le terrain était « plat et peu couvert, j'aurais été rattrapé. »

Cependant la vue des gendarmes avait rendu quelque hardiesse aux gens. Sachant le bandit traqué, ils se montrèrent disposés à favoriser l'œuvre de la justice, qu'ils s'étaient plutôt jusque-là appliqués à entraver.

L'un d'eux fit judicieusement observer que, dans les parages peu accidentés où se tenait l'inculpé, le baudrier jaune de la gendarmerie s'apercevait de loin, et qu'on opérerait avec plus de chances de succès en se servant de mains indigènes. L'autorité militaire mit très obligeamment des spahis à la disposition du Parquet.

Une nuit, trois de ces militaires, informés

que Ben-Arbia était gîté dans une maison
déserte et en ruines, se rendirent à l'endroit
désigné. Ils ôtèrent leurs burnous rouges,
laissèrent leurs montures en liberté sur la
route, sûrs qu'elles ne bougeraient point, e
s'approchèrent à pas furtifs de la retraite du
brigand. Ils attendirent en silence et le doigt
sur la détente. Au point du jour, El-Habib sortit. Se croyant seul et en sûreté, il n'avait pas
pris ses armes, et il était simplement en chemise. Comme il faisait le tour de son repaire,
un spahis vigoureux, ordonnance du capitaine Ben-Daoud, se jeta sur lui, lui porta un
formidable coup de poing dans la poitrine et
le saisit à la gorge. Un autre lui donna un
croc-en-jambe, qui le fit tomber. Avant qu'il
pût se mettre en défense, le troisième lui
appliquait un pistolet sur le front. Le bandit
se laissa ligotter, et on le ramena à Oran
attaché entre deux chevaux. « Vous m'avez
« pris en traîtres, dit-il à ses capteurs ; si
« j'étais dans la broussaille, les bras et les
« jambes libres, quatorze comme vous ne me
« feraient pas suer l'oreille. » Après cette
fanfaronnade, il se tut jusqu'à la prison.

Interrogé le jour même, il se prétendit
innocent des crimes qu'on lui imputait.
« Quand j'ai faim, disait-il, je descends de la
« montagne. Je prends mon butin où je le

« trouve. Il m'est donc arrivé quelquefois de
« commettre des vols, mais je n'ai rien volé à
« l'enfant Espagnol, que je n'ai même pas vu.
« Je ne tue jamais. J'ai les mains pures de
« tout sang humain. Je respecte la vie de mes
« semblables, que je ne leur ai point donnée
« et ne saurais leur rendre. Je suis étranger
« à l'attaque exécutée contre le soldat et aussi
« à l'attentat dont la femme a été victime. On
« rencontre assez de complaisance auprès des
« femmes arabes pour n'avoir pas à s'en
« prendre à celles des colons. Que ceux qui
« m'accusent viennent, et je les confondrai,
« à moins qu'il n'y ait un complot organisé
« pour me perdre et qu'ils ne soient décidés
« à me reconnaître pour le coupable. Ma per-
« sonne est assez connue pour qu'on leur ait
« fait mon portrait, et assez redoutée de mes
« ennemis pour qu'ils désirent se défaire de
« moi par des témoignages mensongers,
« n'osant me provoquer à un combat corps à
« corps.
« Pourquoi, lui dis-je, étant d'humeur si
« pacifique, te charger d'une panoplie, que tu
« promenais continuellement avec toi ? Com-
« ment t'es-tu procuré ces armes ? — Tous les
« Arabes ont la passion des armes, parce qu'ils
« aiment la chasse et la guerre. J'ai acheté les
« miennes à des passants en divers endroits. La

« preuve que je n'en faisais pas un usage crimi-
« nel, c'est que tant de gens les ont impunément
« vues en ma possession. Ceux qui se trou-
« vent sur le chemin du lion reviennent rare-
« ment de cette rencontre. Si j'étais un homme
« sanguinaire, je les aurais exterminés,
« comme le lion. Ces armes assuraient ma
« subsistance et mon salut. La vente du gibier
« que je tuais était un de mes moyens d'exis-
« tence. J'étais traqué par la justice. Nul
« n'ignorait que je ne crains personne, que
« mon fusil ne manque jamais son but, que
« je me serais défendu jusqu'à la mort, et
« tous me laissaient passer. Amenez-moi
« quelqu'un que j'aie frappé ou menacé. —
« Nous te mettrons en présence de la femme,
« de l'enfant et du soldat. — Je désire que ce
« soit bientôt. S'ils n'ont pas été subornés
« par mes ennemis, ils ne me reconnaîtront
« point. — Quels sont tes ennemis ? — Tous
« ceux qui me craignaient ou me jalousaient
« pour ma supériorité physique. — Sont-ils
« nombreux et pourrais-tu en citer quelques-
« uns ? — A quoi bon des noms ? je n'ai pas
« connu d'homme qui n'enviât ma force. —
« On ne haïssait sans doute ta force que parce
« que tu en abusais, parce que tu étais vio-
« lent et méchant. — Je n'ai fait de mal à per-
« sonne. Mais ai-je l'air d'un mouton ou d'un

« fauve ? La vérité est que mes apparences
« et ma réputation intimident tout le monde;
« il n'en faut pas davantage pour que tout le
« monde me déteste et veuille me perdre.
« Je serais fou d'attendre de mes coreli-
« gionnaires qu'ils me disculpent. — Les
« Européens n'ont pas les mêmes motifs
« d'animosité contre ta personne, ils ne te
« connaissaient pas. — Si mon visage leur
« est inconnu, ils savent mon nom. Tous sont
« d'ailleurs nos ennemis. Moi ou un autre
« que leur importe, pourvu qu'on leur jette
« une proie arabe. — Puisqu'il leur importe
« peu que le coupable soit toi ou un autre, si
« tu es innocent, tu ne saurais redouter le
« témoignage de gens qui n'ont aucun inté-
« rêt à t'accuser faussement. — Ce n'est pas
« ainsi que je l'entends. Je veux dire que, dès
« qu'ils peuvent frapper sur un burnous, ils
« ne regardent pas qui est dedans. Tout ce qui
« porte notre vêtement est pour eux une cible
« sur laquelle ils tirent indifféremment. J'ac-
« cuse leur passion aveugle, leur rage enne-
« mie. Mais j'ai confiance en la justice
« française, qui est au-dessus de ces préven-
« tions. Elle saura reconnaître le mensonge
« ou l'erreur, et je suis sans inquiétude. »

Il était malaisé d'embarrasser ce criminel
loquace et retors, qui trouvait toujours le

moyen d'avoir le dernier mot. La justice musulmane condamnait sans explications ; mais les indigènes ont vu souvent des coupables échapper à toute répression devant nos tribunaux, grâce à leurs dénégations opiniâtres. Dans cet espoir, ils commencent toujours par nier, et se butent le plus ordinairement jusqu'à la fin, même malgré les preuves les plus décisives. Evidemment, l'inculpé avait arrêté, dès la première heure, un plan de défense dont il ne démordrait pas, et qui consistait à se donner à la fois pour victime de la malveillance de ses coreligionnnaires et d'un antagonisme de races.

Ces rodomontades, quoique trahissant quelque appréhension, étaient débitées d'un ton d'assurance qui ne laissait pas d'impressionner. Il importait donc de placer Ben-Arbia en présence de ses victimes dans des conditions telles que, si elles le reconnaissaient, la constatation de l'identité ne pût être contestée.

Les confrontations furent émouvantes. La première, avec la femme et l'enfant, eut lieu à Arcole. J'étais parti de bon matin, suivi à peu de distance par l'inculpé, et j'avais convoqué les témoins pour une heure plus tardive. J'avais, dès l'avant-veille, invité les cheiks des douars voisins à m'envoyer une vingtaine d'Arabes ressemblant à El-Habib-ben-Arbia.

par la taille et les proportions et autant que possible gravés de la petite vérole et affectés de strabisme. Il en vint près de trente réalisant pour la plupart ces conditions. Aucun n'était tout à fait aussi grand que le criminel présumé, mais remarquant qu'il devait surtout la prééminence de sa stature à la longueur de ses jambes, je les fis tous asseoir, de manière que les têtes se trouvaient à un niveau sensiblement pareil.

Je les rangeai dans la cour d'une auberge, le long d'un mur, et les témoins défilèrent successivement et séparément devant eux, la femme d'abord. Celle-ci s'arrêta quelques instants devant un indigène qui offrait une ressemblance assez frappante avec El-Habib. Elle l'examina longuement, lui demanda de prononcer quelques mots, et quand il eût parlé, elle dit : « Non, ce n'est pas celui-là. » Arrivée en face de l'inculpé, elle eut un soubresaut et s'écria : « Le voilà. C'est ce monstre. Je le reconnais bien. » El-Habib ne se déconcerta point. « Un homme comme moi, répondit-il, « a des femmes tant qu'il en veut, et je ne « me serais pas adressé à ce vieux laideron « dégoûtant. Mon visage terrible l'épouvante « et l'effroi la fait divaguer. » La femme persista avec énergie. La reconnaissance par l'enfant ne fut pas moins formelle. Il n'y avait aucun doute dans l'esprit des assistants.

Le soldat était à l'hôpital militaire d'Oran, gravement malade, et il fallut procéder à la confrontation dans cet établissement. Il n'était pas possible d'y réunir des indigènes en nombre, comme dans l'auberge d'Arcole.

On trouva cependant parmi les détenus de la prison civile un individu de la taille de l'inculpé et bâti comme lui. Ils furent amenés devant le lit du blessé, qui n'hésita pas à désigner Ben-Arbia pour son agresseur. Le criminel ne s'en montra point ému. « Ta parole « est ma mort, dit-il, au moribond, mais « quelque espoir que l'humanité des magis-« trats veuille te donner, tu périras avant moi. « Tu vas comparaître devant Dieu. Je ne crois « pas que tu mentes, mais tu te trompes. Songe « au compte terrible que tu aurais à rendre, si « l'on condamnait un innocent sur ta déclara-« tion erronée. » Le soldat le considéra très « attentivement et répondit : « Je crois bien ma « dernière heure prochaine, et je ne voudrais « pas charger ma conscience d'un témoignage « mensonger ou même incertain. Mais plus « je te regarde, plus j'ai la certitude que c'est « toi mon assassin. Après m'avoir désarçonné, « tu es venu sur moi, tu t'es penché comme « pour m'embrasser, ta figure que la lune « éclairait en plein a presque touché la mienne.

« Tu t'es redressé pour me frapper de ton
« bâton. C'est toi qui m'as mis dans l'état où
« je me trouve. »

Alors l'inculpé parut faiblir un instant. Il
baissa le front et devint livide. « Eh bien, Ben-
« Arbia, lui dit le juge d'instruction, persé-
« vères-tu dans tes dénégations ? — Je pense,
« fit-il, déjà revenu de son abattement, que ce
« malade a le délire. » Tandis qu'on le reconduisait à travers les couloirs, quelqu'un lui
faisant observer qu'il s'était montré bien cruel
envers sa victime et que les magistrats auraient pu l'empêcher de chercher à la troubler
en lui parlant de sa fin imminente, il répondit
avec emportement : « Un homme qui défend
« sa vie peut marcher sur des agonisants. Il
« ne saurait avoir pour d'autres la pitié qu'on
« lui refuse. M'a-t-il épargné, lui ? »

La colère le gagnait visiblement. Une tentative désespérée était à craindre en chemin.
Il essaya en effet de briser ses menottes. Les
gendarmes durent le saisir par les bras et
demander du renfort à la police. Cette lutte
attira des curieux, dont le nombre grossit jusqu'à la prison, qui était loin. Quelques indi
gènes se trouvaient parmi eux. Les voyant indif-
férents à son sort, il leur cria : « Si vous n'êtes
« pas venus pour me délivrer, allez vous cacher
« au milieu des femmes », et il les injuria

jusqu'à ce que la porte se refermât sur lui.

L'infortuné soldat mourut quelques jours après de sa blessure. Devant la Cour d'Assises El-Habib-ben-Arbia s'obstina à nier et garda la même attitude théâtrale. Il s'entendit, sans sourciller ni protester, condamner à mort. Nous reçûmes du parquet général ordre de l'interroger une dernière fois avant l'exécution de l'arrêt.

Nous nous rendîmes de grand matin à la prison. Il faisait nuit encore. Une foule énorme stationnait sur la place publique autour de l'échafaud. Par dessus les têtes, on voyait scintiller les baïonnettes, et suspendu en l'air dans la pénombre un objet triangulaire qui brillait comme un carreau de vitre ; c'était le couperet de la guillotine. Quand nous entrâmes dans la cellule du condamné, il était déjà entre les mains des exécuteurs. En nous entendant, il se retourna et dit d'une voix ferme : « Bonjour. » Puis il se plaignit qu'on le serrât trop fort. « Je ne suis pas condamné à « avoir les membres brisés. On serait moins « barbare pour un bœuf. » Quand je lui eus fait connaître l'objet de ma visite : « Les Français, « s'écria-t-il, vous êtes de singulières gens. « Vous condamnez allégrement un homme « à la mort, et puis, comme si vous n'étiez pas « sûrs de votre justice, vous venez lui demander

« la confirmation de votre sentence. Je proteste
« de mon innocence. Je ne vous maudis pas
« cependant, je vous pardonne mon supplice
« injuste. Si vous tenez compte des recom-
« mandations d'un mourant, je vous prierai
« de faire remettre à ma famille mes vêtements,
« mon chapelet et ma djebira, qui contient
« quelque sous. Je vous salue. Que Dieu vous
« éclaire mieux une autre fois. »

Il voulut aller à pied à l'échafaud. Un soleil
splendide s'était levé. « Dieu m'aime, dit-il,
« puisqu'il me donne un dernier jour si beau. »
Indiquant ensuite du regard la montagne
des lions, dont la cime rose émergeait dans la
lumière matinale : « Mes frères sont là, au
« bord de la mer, je désire que mon corps repose
« à côté d'eux. » Au moment de passer le cou
dans la lunette, il eut un mouvement de
recul. Le bourreau le saisit par l'oreille, et
lui dit : « Tu as donc peur, Ben-Arbia ! — Non
« répliqua le condamné, mais tous les hommes
« vigoureux aiment la vie. » Dès le lendemain, les indigènes le chargeaient de tous
les méfaits qui avaient été signalés avant
son arrestation, et dont les auteurs étaient
encore inconnus. Il était peut-être coupable
d'une partie. Toujours est-il qu'après sa dispa-
rition les vols à main armée diminuèrent
sensiblement dans la région.

8

Le bandit avait été, quelque temps avant
son triple crime, le héros d'un incident co-
mique, qui prouvait qu'il ne jouait pas seulement de la terreur, mais possédait et employait
toutes les cordes. Arrêté à Oran, où il venait
sans doute renouveler sa provision de poudre,
il fut remis à un gendarme qui le conduisit au
Parquet. Au moment d'entrer chez le Procureur, l'agent de la force publique voulut faire
passer Ben-Arbia devant lui. L'inculpé se
refusa à prendre le pas sur le représentant de
l'autorité. Celui-ci, surpris et peut-être un
peu flatté, s'introduisit, laissant son prisonnier sur le seuil. Tandis que le gendarme, le
dos tourné à la porte, cherchait dans sa
giberne le procès-verbal, l'inculpé s'échappa
sans bruit. On visita aussitôt, mais en vain,
les cafés maures d'alentour. Cette évasion
habile et audacieuse, accrut le prestige du brigand, qui s'en vanta auprès de ses coréligionnaires comme d'une marque de la protection
divine. Plusieurs s'attendirent jusqu'au dernier
moment à voir le ciel intervenir pour sa délivrance.

UN PROCÈS MUSULMAN

UN PROCÈS CIVIL MUSULMAN

Au commencement de l'année 1864, la Cour d'Alger, saisie de l'appel d'un jugement de cadi dans une contestation entre deux riches familles indigènes de la tribu des Ouled-Bessem, située à une dizaine de lieues au sud-ouest de Téniet-el-Had, ordonna qu'il serait procédé par le juge de paix de Milianah, à une enquête sur les lieux litigieux. Il s'agissait d'adapter des actes aux terrains, de mesurer des contenances et d'ouïr des témoins, d'où la nécessité d'adjoindre un géomètre au greffier et à l'interprète, collaborateurs ordinaires du magistrat. Les biens contentieux étaient dans le territoire militaire, auquel appartenaient aussi les quatre cinquièmes au moins du pays à parcourir pour se rendre à destination. L'au-

8.

torité militaire fournit une escorte de spahis,
et prévint du passage de la Justice les caïds
des tribus à traverser, ce qui équivalait à
l'ordre d'assurer non seulement la sécurité
des voyageurs, mais de les héberger, le manque
d'habitations sur le chemin, où on ne trouvait,
à partir du Chéliff jusqu'à Téniet, d'autre
hôtellerie ou maison européenne que le caravansérail de l'Oued-Massin, forçant de recourir à l'hospitalité arabe.

A cette époque il n'existait, sur la distance
d'environ vingt lieues qui séparait cette ville
de celle où était le siège de la Justice de Paix,
qu'une quinzaine de kilomètres de bonne
route, situés aux deux points extrêmes, et dans
l'intervalle, quelques tronçons carrossables à
la rigueur en été, mais impraticables autrement qu'à cheval après la saison des pluies.
Mais le trajet qu'une voiture, servie par de
bons relais, accomplit aisément en une journée, exige du cavalier un temps double ou
triple, et tant pour l'aller et le retour que pour
les opérations de l'enquête, je dus passer plus
d'une semaine hors de chez moi.

Je partis une après-midi de printemps. Je
ne relaterai pas toutes les péripéties de cette
excursion qui fut diversement incidentée,
mais je n'en saurais passer sous silence cette
particularité que j'eus, au début, à faire office

d'arbitre entre des gens dont aucun n'était de
mes justiciables. Nous avions couché la première nuit chez un caïd nommé Hadj-Musta-
pha, qui s'était plaint de son cadi, à la paresse
ou à la timidité duquel on ne pouvait arracher
un jugement.

J'entendais pour la première fois formuler
un pareil grief, tout à fait étranger aux habitudes de la justice musulmane, et que je n'avais
d'ailleurs nulle qualité pour redresser. Le lendemain matin, comme on venait de seller nos
chevaux, deux indigènes se présentèrent avec
de vieux papiers à la main. C'étaient des actes
d'une date ancienne établissant les limites de
leurs propriétés respectives. Seulement ces
limites étaient indiquées par des arbres, et les
arbres avaient depuis longtemps disparu. Les
contendants me prièrent de les juger. J'eus
grand'peine à leur faire comprendre que je
n'étais pas compétent, mais quand ils se con-
vainquirent que je ne prononcerais point, ils
s'écrièrent : « Par Dieu! si tu ne veux pas
« nous juger, tu peux au moins nous arranger.
« Mets la paix entre nous. Si tu pars sans nous
« concilier, il y aura peut-être du sang ré-
« pandu. Tu ne nous connais ni l'un ni l'autre,
« et tu n'as aucune raison de n'être pas juste.
« Nous en passerons par ce que ta volonté
« décidera. Nous planterons dans le sol une

« pierre que nous appellerons la pierre du
« juge de paix, et nous ne brûlerons jamais
« de poudre autour. » Je me rendis à ces solli-
citations. Les actes furent traduits et le géomètre s'efforça, mais sans succès, de les appliquer au terrain. Alors je fis tracer une ligne,
à peu près au milieu du sol contesté, et je
conseillai aux parties de l'adopter comme leur
frontière respective. Elles consentirent. La
pierre fut fichée en terre, avec des cailloux
à la base pour servir de témoins. Je dictai à
l'interprète une courte transaction, qui ne
pouvait valoir que par l'accord permanent des
parties. Il en remit un exemplaire à chacune
d'elles, et nous partîmes comblés de bénédic-
tions.

Ce singulier bornage nous avait fait perdre
quelques heures, et nous n'arrivâmes que fort
tard au caravansérail de l'Oued-Massin, où
nous devions prendre gîte. La nuit nous surprit au milieu des forêts ; elle était noire, sans
lune, et nous cheminions dans les ténèbres.

Un cavalier arabe ouvrait la marche en
éclaireur, je venais ensuite, et tous suivaient
à la file, à quelques pas les uns des autres.
L'Arabe de tête chantonnait à voix basse une
de ces mélopées nasillardes que les indigènes
voyageant de nuit entonnent pour s'empêcher
de dormir, mes autres compagnons s'appe-

laient et échangeaient quelques mots de
temps en temps. Tout à coup un profond
silence ; mon cheval, saisi d'un tremblement
subit, se rapproche à le toucher de celui qui
marchait devant, et je sens sur sa croupe le
mufle de la monture du cavalier que je précé-
dais. Toutes nos bêtes se serrent dans cet
ordre ne pouvant se grouper à cause de
l'étroitesse du sentier. Elles flairaient évidemment quelque danger. Cette angoisse
dura plusieurs minutes. Quand elles eurent
régularisé leur allure, nous nous commu-
niquâmes nos impressions. Chacun avait
senti entre ses jambes le frisson de son cheval,
et tous s'étaient instinctivement tus, sous
l'appréhension d'un péril invisible. Les Arabes
prétendirent que nous étions passés au voisinage d'un lion et, comme il y en avait souvent alors dans ces parages, la supposition ne
paraissait point invraisemblable. Un ravin
escarpé s'enfonçait très bas à notre gauche.
Peut-être le fauve était-il embusqué dans les
maquis du bord opposé, et nous trouvions-
nous hors de ses atteintes, mais le subtil
odorat de nos chevaux l'avait éventé. Des
voyageurs qui arrivèrent après nous à l'étape,
affirmèrent avoir entendu des rugissements
lointains partis de ce côté, et quelques jours
après, on trouva dans la broussaille les

restes d'une vache disparue cette nuit-là (1).

Teniet-el-Had (le col du Dimanche) est une des portes de l'Atlas, par laquelle passent les échanges entre les populations d'en deçà et d'au delà des hauts plateaux. Il s'y tenait un

---

(1) Le caravansérail de l'Oued-Massin était célèbre par une histoire de lion, dont j'ai entendu certifier, malgré sa couleur fantastique, l'authenticité par des témoins oculaires, notamment M. le docteur Péret, médecin-major des zouaves. Le gardien de l'établissement avait obtenu l'autorisation de défricher quelques hectares où il récoltait de l'orge. Sa meule était au dehors, près d'un café Maure, où les passants indigènes s'arrêtaient. Ceux-ci ne se faisaient pas faute de lâcher pendant la nuit leurs ânes qui allaient pâturer la paille. Ils furent avertis qu'on tirerait sur leurs bêtes, mais ne tinrent nul compte de la menace. Un soir, le domestique du caravansérail qui faisait sa ronde aperçut dans l'obscurité un quadrupède rôdant autour de la meule, il lui trouva les yeux bien luisants, mais n'en crut pas moins avoir un âne devant lui. Il visa entre les points lumineux, et fit feu. L'animal atteint fit un bond énorme et poussa un cri qui ne ressemblait pas du tout à un braiement, puis il s'abolit dans l'ombre. Le veilleur de nuit rentra enchanté de son coup, mais ne se doutant pas du genre de gibier qui lui avait servi de cible. Le lendemain la place était vide, marquée seulement par une flaque de sang. En suivant les rougeurs, on découvrit au bord du ruisseau l'animal tué, qui était un lion adulte de l'espèce dite noire à cause du ton foncé de la crinière. Il avait un trou de balle entre les sourcils.

important marché de bestiaux, de laines et de
grains. On y trouvait par suite plus d'auberges
que ne paraissait comporter le chiffre des
habitants. Une industrie sédentaire florissante
était celle des menuisiers, auxquels la forêt
de cèdres voisine fournissait un bois très
recherché pour le meuble, à cause de sa nature
résineuse qui avait l'avantage de préser-
ver des mites le linge des ménages. Dou-
blement bienfaisante, la forêt alimentait le
travail local et emplissait l'atmosphère de salutaires exhalaisons. Les médecins lui attri-
buaient l'excellence de l'état sanitaire normal
et recommandaient d'envoyer à cet air forti-
fiant les enfants débilités de la plaine. Les
cèdres de Téniet sont aussi, quoique lamenta-
blement dégradés depuis par les coupes barbares qu'on y a faites pour les traverses du
chemin de fer, une des curiosités de l'Algérie.
C'est un spectacle impressionnant, et l'émoi
de mon âme à l'auguste aspect de ces futaies
plusieurs fois séculaires, dont la neige cou-
ronnait les plus hautes cimes d'un diadème
argenté, tandis qu'à leurs pieds naissaient
toutes les fleurs du printemps, se traduisit par
ce geste spontané, qui vous porte la main au
front pour le découvrir sur le seuil d'un sanc-
tuaire.

Au sortir de ces dômes d'immuable ver-

dure, on passe dans un pays bien différent.
Plus d'arbres, la terre nue et sèche, mais non
stérile, attestant au contraire par endroits sa
fertilité par des emblavures de la plus belle
venue, que coupaient des espaces envahis
d'asphodèles, de scilles et de chardons violets.
C'est une succession de plateaux, séparés par
des mamelons régulièrement disposés et
dont le milieu s'affaisse en forme de conque.
On dirait de vastes cirques avec leurs gradins
d'inégale hauteur. Les suintements du sol
accumulés dans la dépression centrale y en-
tretiennent une végétation particulièrement
vigoureuse, et donnent naissance à quelques
puits d'une eau très potable. Là, était situé un
domaine de plus de quatre cents hectares,
que se disputaient deux grandes familles, les
Ouled-Boukhira et les Ouled-Dahman. Ces
derniers étaient en possession. Leurs adversaires prétendaient les évincer, en invoquant
un acte de cadi, en vertu duquel un ancêtre
des Ouled-Dahman leur aurait fait donation
de sa propriété. La contestation avait été
portée devant le juge musulman, qui s'était
prononcé contre leur réclamation. De là appel
à la Cour d'Alger qui, à raison de certaines
allégations produites de part et d'autre, avait,
avant de statuer, ordonné une enquête.

L'acte sur lequel s'appuyaient les Ouled-

Boukhira était, au dire des Ouled-Dahman, nul, comme entaché de dol et de violence. Il s'agissait donc de déterminer dans quelles circonstances, il avait été établi, et la justice devait à cet effet forcément recourir à la preuve testimoniale. Les témoins ne manquaient pas ; on en entendit un grand nombre, parmi lesquels les vieillards de la tribu, dont les souvenirs étaient restés vivants. Leurs dépositions furent précises et concordantes. Quelques-uns, qui avaient d'abord tenu un langage favorable au demandeur, confrontés avec ceux de la partie adverse, finirent par céder à l'ascendant de la vérité, de sorte qu'il en résulta une protestation quasi-univoque contre la tentative d'usurpation.

Leur audition révéla des faits, qui font du procès-verbal où ils sont consignés une pièce historique. Les Ouled-Dahman et les Ouled-Boukhira étaient deux familles apparentées, mais ces derniers, moins riches, avaient toujours jalousé l'opulence des autres.

Des querelles avaient éclaté en divers temps fort éloignés, mais les effusions de sang s'étaient arrêtées, grâce à l'énergique répression des agents du gouvernement turc. Si l'on ne se battait plus, cependant les haines subsistaient et l'on évitait soigneusement de part et d'autre tout rapport.

9

Lorsque nos pensées de conquête se dessinèrent, il y eut d'un bout à l'autre de l'Algérie des émissaires qui parcouraient le pays en tous sens, prêchant la guerre sainte. Des marabouts invitaient leurs coreligionnaires à cesser toute discorde intestine et à marcher ensemble sous l'étendard du prophète. L'idée de résistance, se répandant de proche en proche, gagna les populations placées au delà des limites du Tell et, avant d'être directement menacées elles-mêmes, elles envoyèrent du contingent aux forces indigènes qui tenaient la campagne. Ce fut le premier gage de rapatriement entre les habitants jusque-là rivaux de ces deux zones. Bien des griefs privés furent de même oubliés.

Dans ces conjonctures, les Ouled-Boukhira proposèrent la paix aux Ouled-Dahman. Le prétexte était l'union contre l'ennemi commun, et ceux qui prirent l'initiative de la réconciliation offrirent de la sceller chez eux dans un banquet où assisteraient tous les membres des deux familles. Ces ouvertures ayant été accueillies, chacune se rendit au complet à ces agapes fraternelles. Des marques mutuelles de la plus franche cordialité s'échangèrent, et les Ouled-Dahman s'assirent autour de la *Diffa* avec une entière confiance.

Ils ne s'aperçurent point que, durant le

repas, beaucoup de gens étrangers à la famille des Ouled-Boukhira, mais de leurs voisins et de leurs clients, se rassemblaient autour de la tente qui abritait les convives. A un signal donné, ce ramassis fit irruption en armes, et les invités furent égorgés, à l'exception d'un seul, un vieillard de cervelle débile, que les assassins réservaient pour un rôle ultérieur.

Quelques jours après, le chef des Boukhira faisait appeler un cadi nommé Bederdin qui, bien que des environs de Tiaret, allait opérer quelquefois, malgré la distance, chez les Ouled-Bessem, où il avait des parents. Ce n'était pas chose extraordinaire.

Les magistrats musulmans n'avaient pas alors de circonscriptions nettement déterminées et, comme l'idée d'une compétence territoriale n'existait guère dans cette société, il suffisait de l'investiture pour être apte à exercer la fonction partout où des justiciables se présentaient. Le cadi n'est point, on le sait, uniquement juge, il fait aussi office de notaire musulman. Le vieillard comparut devant Bederdin, et là, en sa qualité de seul survivant des Ouled-Dahman, il fit donation au Bou-Khiri de tout son héritage, à la condition que le donataire s'engagerait à pourvoir à ses besoins jusqu'à la fin de sa vie.

Bederdin, qui était instruit du drame, ne

rédigea, paraît-il, l'acte que sous menace de mort. Il ne se dissimulait pas d'ailleurs que cette complaisance lui serait fatale, et en effet on envoya, après son départ, des meurtriers à sa poursuite. Mais ses parents lui avaient procuré, en échange de sa mule, un cheval dont les jambes assurèrent son salut. Toutefois, il se tint sur ses gardes, et on ne le revit plus dans le pays.

Un enfant avait cependant échappé au carnage. Au commencement du massacre, un esclave des Ouled-Dahman avait enveloppé le petit Ahmed dans une couverture et s'était enfui. Après plusieurs jours de pérégrinations, il remit son jeune maître aux mains d'une branche de la famille qui habitait Médéah.

L'enfant grandit chez ses cousins et, devenu homme, il prit du service dans les spahis. Il eut l'occasion de montrer ses qualités militaires au capitaine Margueritte (1), qui fit de lui son ordonnance. Cet officier fut nommé chef du bureau arabe de Téniet-el-Had, lorsqu'on créa le poste. La tribu des Ouled-Bessem se trouvait sous son commandement. Les Ouled-Boukhira étaient puissants, mais ils avaient beaucoup d'ennemis. Leur crime fut dénoncé au bureau arabe. Le capitaine interrogea

_____

(1) Tué général de division pendant la guerre Franco-Allemande.

Ahmed, fit une enquête et, quand il se jugea édifié, il manda les usurpateurs. Leurs explications ne l'ayant pas satisfait, il les expulsa du domaine dont ils s'étaient emparés par la violence et la fraude, plaça de son autorité ces terre sous le séquestre et en perçut les revenus au profit du trésor français, en attendant que les pouvoirs compétents pussent faire droit. Mais les multiples soucis de l'administration indigène, les évènements de guerre détournèrent son attention de l'affaire, et le procès n'était pas encore engagé quand cet officier reçut un changement de destination. Avant de partir, M. Margueritte voulut rendre justice au Dahmani, son ordonnance, et il le réintégra dans les biens de ses pères. Grâce à ce procédé à la turque, Ahmed jouit pendant de longues années d'une possession tranquille

Ce fut seulement au bout d'une quinzaine d'années, et après le décès du cadi Bederdin, que les Ouled-Boukira exercèrent leurs revendications en justice, en vertu de l'acte de donation dressé par ce magistrat. Battus en première instance, ils le furent également en appel. J'ai dit que les témoins venus à leur requête s'étaient retournés contre eux. Celui dont l'attitude ramena les hésitants était un vieil agha nommé Dahilis-ben-Feraht, qui eut un mouvement de véritable éloquence. Nous

opérions en plein air, grâce à un ciel très
couvert, et j'avais remarqué au bas d'une
petite éminence voisine un cimetière arabe.
Je m'étonnais que la tribu dont la principale
agglomération était éloignée vint enterrer
ses morts à pareille distance, et j'en fis
l'observation. Je demandai si c'était un lieu
spécial de sépulture consacré aux combattants
tombés dans la guerre sainte. On me dit que
c'était le cimetière des Ouled-Dahman, uniquement réservé à cette famille. « Où sont
« donc vos morts ? s'écria alors Dahilis-ben-
« Feraht, en interpellant les Ouled-Boukhira.
« Y en a-t-il un seul qui soit enseveli ici ? non.
« Vous n'avez pas osé les enterrer à côté de
« leurs victimes. Vous avez craint qu'en creu-
« sant les tombes, les ossements des Ouled-
« Dahman ne se lèvent pour vous reprocher le
« crime de vos parents. »

Ceux qui étaient ainsi apostrophés répli-
quèrent qu'ils avaient toujours eu leur cimetière à part, mais dès ce moment nul n'osa
plus faire entendre la voix en leur faveur, et
presque tous vinrent au contraire corroborer
par leur témoignage les dépositions produites
dans l'intérêt des défendeurs. Avec une enquête
dont les résultats établissaient en fin de compte
la concordance des dires versés de chaque
côté, la Cour n'eut pas de peine à former sa

conviction, elle confirma le jugement qui déboutait les opposants.

Nous avions dû nous partager entre l'hospitalité des deux familles contendantes. Nous dinâmes et couchâmes un soir chez l'une, le lendemain chez l'autre. Le repas fut exactement le même : Kouskouss, œufs durs, mouton rôti, et je n'en parlerais pas, sans une circonstance qui, bien que futile en apparence, me permit de constater sur le vif l'énergie de l'esprit de solidarité des Musulmans. Ahmed-ben-Dahman, par qui nous avions commencé, s'était fait envoyer de Téniet, pour la circonstance, de l'argenterie, des verres et des assiettes. Nous retrouvâmes toute cette vaisselle chez son adversaire qui la lui avait empruntée. Ainsi, voilà des ennemis mortels, qui s'étaient insultés et avaient failli plusieurs fois en arriver aux coups au cours de l'enquête, s'entr'aidant pour fêter l'étranger dans les honneurs d'une hospitalité également libérale. Quelle démonstration serait plus probante ? J'avais débuté et je devais finir par un arbitrage. Comme je me préparais à partir, un Arabe vint au-devant de moi, tirant par le bras un juif qui geignait et pleurait : « Il n'y « avait, me dit-il, qu'un arbre fruitier dans la « tribu, un pêcher, et il était mien. Je l'avais « rapporté en bouture de Blidah avec les plus

« grandes précautions, il avait pris dans ma
« terre et portait des fleurs superbes. Le juif
« y a attaché son mulet, qui en se débattant l'a
« cassé. »

Le juif était un colporteur de passage, il ne
contestait rien et, dans sa peur d'être battu,
il me suppliait de trancher le différend. Je vis
l'arbre, dont la partie supérieure toute fleurie
de rose gisait tristement sur le sol. Un pêcher
dans ces parages était d'un prix inestimable.
J'évaluai le dommage cent francs. « Mais,
« s'écria l'enfant d'Israël, ma pacotille, ma
« bourse et toute ma boutique y passeraient.
« Je suis un pauvre marchand forain, qui ne
« gagne à grand'peine que quelques sous par
« jour, jamais je n'ai possédé, ni vu pareille
« somme. — C'est un menteur, répliquait
« l'autre, je le connais. C'est un des plus
« riches de Téniet. Voyez comme son mulet
« est gras ; dites-lui de montrer son porte-
« monnaie. »

On transigea à cinquante francs, le juif
jurant qu'on lui arrachait son dernier cen-
time. Mais au moment de payer, il m'attira à
part, et me pria de fouiller moi-même dans
son escarcelle qu'il ne voulait pas ouvrir
devant « ces voleurs d'Arabes. » Il y prit
la somme, et je vis qu'on pouvait y puiser
encore sans la vider ; mais je ne le démentis

point quand il répéta qu'on ne lui laissait plus une obole.

Cet individu avait un compagnon qui, en le voyant appréhendé par l'Arabe, s'était enfui ; il demanda la permission de se joindre à nous pour rentrer à Téniet.

En chemin, nous liâmes conversation ; il ne payait pas de mine, avec son visage dévasté et ses sales habits, mais c'était tout de même un gros négociant, qui faisait un commerce considérable et des plus variés, embrassant bijoux, denrées coloniales, étoffes, peaux, grains et bétail, et avait des correspondants, non seulement de sa religion, mais parmi les Européens et les Musulmans, dans toute la province.

J'admirai avec quel courage, cette race réputée si pusillanime, et qui a une si grande frayeur des coups, sait braver, dans l'intérêt de ses trafics, les intempéries, les fatigues, les privations et les maladies. Elle passe justement pour très âpre au gain et trop habile à l'extraire, mais elle ne ménage point ses peines, et l'on ne saurait refuser quelque estime à ses efforts, qui sont du travail persévérant.

Au retour, quelques-unes de nos montures étaient éreintées, et nous ne pûmes effectuer d'une seule traite, comme nous nous le

9.

proposions, le trajet de Téniet à Milianah. Il
y eut arrêt chez le lieutenant de spahis
Mohammed-Oualid, caïd des Matmatah, qui
nous hébergea dans sa maison des hôtes, une
riante habitation sous les arbres, au bord d'une
eau claire et courante.

Nous prîmes congé de lui à l'aube. Notre
route cotoyait la rivière. Au bout d'une
demi-heure de marche, nous entendîmes
derrière nous, sur l'autre bord, un galop
précipité. Dès que le cavalier fut à portée de la
voix, il héla l'Arabe placé en queue de notre
caravane, conversa quelques instants avec lui,
puis rebroussa promptement. Nous demandâmes ce qu'avait dit ce personnage surgi et
évanoui comme un spectre.

« Il disait que le Sud est en révolte, qu'une
« troupe française commandée par un colonel
« a péri tout entière. Je l'ai averti qu'il se
« trouvait sur les terres d'un officier français,
« qui le ferait arrêter s'il continuait de colpor-
« ter cette fausse nouvelle. »

Rentré ce même jour à Milianah, j'allai vers
quatre heures au cercle militaire, j'y rencontrai
le général Liébert, commandant de la subdivision, qui me montra un télégramme
du Gouverneur, l'invitant à former une
colonne destinée à aider les opérations contre
les tribus qui avaient massacré le colonel

Beauprêtre et ses soldats. Le général ne fut pas surpris de la manière dont j'avais reçu avant lui l'annonce de l'événement, il m'expliqua que, quand un soulèvement éclatait, un cavalier partait ventre-à-terre pour informer une tribu voisine. Celle-ci expédiait aussitôt un autre courrier, et la nouvelle se propageait par cette filière, avec une vitesse de cinquante à soixante lieues par jour.

DIVERS

UNE AFFAIRE DÉLICATE

I

Un négociant originaire d'Espagne ou de la Catalogne française, dont le nom m'échappe, mais qui se prénommait Balthazar, s'était associé à l'indigène Mohammed pour le commerce des grains. Ils achetaient sur les marchés de la plaine du Chéliff, et ils entreposaient leurs marchandises à Milianah, dans son magasin de gros et de détail.

Quoique se livrant à des déplacements fréquents pour traiter directement avec les producteurs, ils avaient aussi recours à des intermédiaires qu'ils chargeaient de commissions.

Ils étaient en rapports journaliers d'affaires avec un certain Tahar, qui habitait un douar du Djebel-Doui, près de Duperré.

Tous trois s'entendaient à merveille, et ils s'inspiraient mutuellement confiance ; cependant il s'éleva un jour entre eux une discussion qu'ils ne parvinrent pas à régler à l'amiable.

Tahar devait fournir trente *saahs* d'orge. Il en avait annoncé l'envoi par mulets. Or, quand on procéda à la vérification, on en trouva seulement vingt-huit. C'était la première fois depuis plusieurs années que duraient les relations, qu'une erreur de compte se produisait, et elle portait sur une petite valeur.

L'expéditeur avait envoyé des *tellis* cousus ; aucun ne s'était crevé en route. Les destinataires en constataient l'intégrité, et ils croyaient à une simple méprise de leur correspondant. Mais Tahar répondit qu'on n'avait pas mesuré immédiatement après la vidange ; ce que les autres avouaient, tout en prétendant que le grain était resté, jusqu'au jaugeage, à part dans un coin et sous clef. Balthazar tenait des livres commerciaux ; Tahar, qui savait écrire sa langue, avait aussi un instrument pour inscrire les opérations qu'il ne faisait pas au comptant. Ils apportaient leurs pièces.

Nul ne mettait en doute la parfaite bonne foi des autres parties, mais à force d'ergoter, ils s'étaient réciproquement, selon l'expression falote, piqué le nez, et aucun n'entendait démordre. La contestation fut donc portée devant le juge de Paix, qui avait compétence en matière commerciale.

Après un long échange de récriminations, d'ailleurs très mesurées de toutes parts et, malgré les efforts conciliateurs du magistrat, Balthazar proposa de déférer le serment à l'adversaire. Je lui fis quelques observations sur le caractère décisoire du serment en l'espèce. Il persista, et Tahar accepta de jurer. Alors Mohammed, qui avait jusque-là laissé parler son associé, demanda s'il s'agissait du serment musulman ou de celui que prêtent les justiciables Français. Je lui répondis qu'il ne pouvait être question que de ce dernier serment.

Il parut satisfait, mais se ravisant tout-à-coup, au moment où j'invitais l'adversaire à lever la main : « j'ai un scrupule, s'écria-t-il ; « je crains que cet homme ne soit pas en mesure « de jurer, et je ne voudrais point l'exposer à « commettre un sacrilège. Un jour, il a uriné « debout comme les chrétiens, ce que notre « religion défend, et il s'est mis ainsi en un « état d'impureté qui ne lui permet pas d'in- « voquer Dieu en témoignage. »

Tahar reconnut l'exactitude de l'imputation.

« Il est vrai que j'ai fait de l'eau à la manière
« des Roumis, au lieu de m'accroupir comme
« les Musulmans pieux, mais je mérite quelque
« excuse. Je portais un pantalon qu'un Euro-
« péen m'avait prêté pour cacher ma nudité,
« parce que son chien venait de déchirer mon
« *Séroual*. Peut-être qu'uriner debout rend
« indigne de jurer à la Mosquée, sur le *Coran*,
« mais ça ne fait rien au serment français,
« puisque les Européens se comportent tou-
« jours de la sorte et que chaque jour ils
« font des serments. »

A cette époque, les juges de paix étaient
assistés d'un assesseur musulman, à voix
consultative, dans les affaires entre Musulmans
et gens d'une autre religion.

Celui qui remplissait ces fonctions auprès
de moi, Mohammed - ben - Ibrahim - ben - el-
Haffaf, un respectable et intelligent vieillard,
devenu depuis Muphti dans sa ville natale, où il
tenait naguère encore cet emploi religieux,
passait pour savant en droit coranique et était
un esprit judicieux. C'était le cas de le consulter.

Prenant son front dans ses mains, il réflé-
chit un long moment, puis sorti de cette attitude méditative: « En vérité, me dit-il à l'oreille,
« la situation m'embarrasse. Ce que vient
« de dire Tahar me paraît d'autant plus raison-

« nable que, si nous nous accroupissons pour
« faire ce que vous savez, cela tient surtout à
« ce que notre séroual n'est pas fendu par
« devant comme vos pantalons et Tahar ne pou-
« rait s'y prendre autrement ; mais il y a une
« prescription ou plutôt une prohibition reli-
« gieuse rappelée par Mohammed, et peut-être
« conviendrait-il, avant de décider, de deman-
« der l'opinion du Medjeles d'Alger, et je me
« chargerai volontiers de la démarche. »

Le Medjeles était un conseil supérieur de
Droit musulman, dont les magistrats d'appel
devaient demander l'avis dans les cas épineux
et même, selon la législation d'une certaine
époque, adopter obligatoirement les solutions.
C'est ainsi qu'un cadi ayant jugé qu'un enfant
pouvait dormir cinq ans dans le ventre de sa
mère, un arrêt célèbre de la cour d'Alger confirma cette sentence, en conformité de l'opinion exprimée par le Medjeles.

Lorsque je demandai aux parties si elles
consentiraient à ce qu'il fût sursis au jugement jusqu'au moment où le Medjelés, interrogé officieusement, aurait répondu, la portion
européenne de l'auditoire, déjà mise en belle
humeur par l'incident soulevé, laissa éclater
une hilarité bruyante ; le public indigène
resta très calme et semblait trouver la proposition parfaitement plausible. Je dus lever la

séance pour quelques instants, et pendant la suspension, le demandeur et les défendeurs, que j'appelai dans mon cabinet, se mirent d'accord. Ils acceptèrent un arrangement, que je leur avais plusieurs fois infructueusement proposé, et d'après lequel chaque partie prenait à sa charge moitié de la perte.

En conséquence Balthazar et Mohammed s'engagèrent à rembourser le prix de vingt-neuf saahs à Tahar, qui se déclara satisfait, et les frais fort minimes, furent partagés dans la même proportion.

L'intérêt de l'affaire était pour moi dans les suites juridiques qu'elle aurait pu comporter, et je priai mon assesseur, qui se prêta de bonne grâce à mon désir, qu'il avait d'ailleurs suscité, de vouloir bien poser théoriquement la question aux jurisconsultes musulmans si autorisés par leur qualité officielle. J'espérais qu'ils se prononceraient et j'étais curieux de savoir s'ils concluaient à une posture rituelle toujours obligatoire.

Je ne connaissais pas la cautèle musulmane. Trois mois environ s'écoulèrent, au bout desquels, n'ayant encore reçu aucune nouvelle, j'interpellai Ben-el-Haffaf. Ma question parut le gêner un peu, mais sa bonne et spirituelle physionomie reprit bientôt le fin sourire qui lui était habituel.

« Le Medjeles, me dit-il, te félicite de la
« manière dont tu as terminé l'affaire. Il loue
« ta sagesse. Mais il estime que du moment où
« le jugement n'est plus à rendre, il n'y a pas
« d'intérêt à lui soumettre un point de droit
« susceptible d'amener par son importance de
« graves divergences entre les opinants. Le
« conseil désire n'être appelé à statuer que si
« une espèce analogue se représente. »

On ne saurait de façon plus galante signifier
aux gens qu'ils vous ennuient, et j'ai retenu la
leçon. C'était au surplus dans le fond une mo-
dalité d'application des principes invoqués par
a juridiction contentieuse du Conseil d'État,
quand elle oppose une fin de non-recevoir
basée sur le défaut d'intérêt.

IVRESSE DE SANG (1)

Un homme avait été assassiné en plein champ. La justice venait de terminer ses constats sur lieux, et il s'agissait de transporter le cadavre dans une maison où le médecin chargé d'établir les causes de la mort, procéderait aux opérations de son art. La course devait prendre cinq ou six minutes. Le corps était gros et lourd. Ni véhicule, ni chemin. Il

(1) M. Eugène Delard, dans un chapitre qui m'est dédié de ses *Ames simples*, a conté, en la parant des grâces du roman, cette anecdote qu'il tenait de moi. Il n'y a entre nos deux versions que la différence du récit poétique et du procès-verbal. Si je reproduis ce qu'il dit si agréablement, c'est que le fait me paraît tout particulièrement intéressant au point de vue psychologique et physiologique.

fallait aller à travers les terres, et nous n'avions là qu'un homme pour porter le fardeau. Apercevant un individu qui travaillait dans une vigne à courte distance, nous l'envoyâmes quérir, mais le messager revint avec un refus. Le magistrat instructeur manda alors par réquisition celui dont il n'avait pu obtenir le concours volontaire. « Je n'obtempérerai ni « par force, ni pour tout l'or du monde, « répondit-il au gendarme, et si la justice « veut écouter mes raisons, je suis certain « qu'elle n'insistera point. »

Il fallut chercher ailleurs, mais le juge d'instruction voulut connaître ensuite les motifs de cette résistance. Le récalcitrant se présenta. C'était un géant blanchi, d'aspect honnête et débonnaire, mais dont l'œil trahissait de l'inquiétude ou quelque souffrance intérieure. « Je ne sais, dit-il, si je dois tout « vous avouer, toutefois les faits dont j'ai à « vous entretenir sont si anciens que je ne « m'expose peut-être pas beaucoup en vous « les révélant. En tout cas, je suis vieux et « malheureux, et je tiens peu à la vie. J'habite « ce pays depuis plus de vingt ans, et j'y suis « connu honorablement. Mais je n'y suis pas « venu pour mon plaisir ou dans la pensée de « faire fortune. J'avais commis un meurtre en « Espagne. J'étais jeune alors, je fréquentais

« les combats de taureaux, et j'ai figuré avec
« honneur dans les arènes.

« Un jour, serré de trop près par l'animal
« furieux, je l'abattis d'un coup qui n'était
« pas porté selon les règles de l'art. Je ne
« pouvais autrement sauver ma vie, et il
« valait peut-être mieux me laisser tuer. Le
« soir, en buvant, quelques camarades qui
« n'étaient pas des toréros, car entre gens
« du métier on ne se fait pas de reproches,
« me raillèrent de ma maladresse, je ripostai
« avec colère. La querelle s'envenima, et il
« fut décidé qu'elle se terminerait par un duel
« au couteau entre moi et celui qui m'avait
« interpellé. C'était un de mes amis, dont je
« courtisais la sœur, que je devais bientôt
« épouser. Nous nous rendons à une petite
« distance de la ville, sur le bord d'une rivière
« et là, à la clarté du dernier rayon de soleil,
« mon adversaire et moi nous fondons l'un
« sur l'autre. Je reçus tout d'abord un coup
« de pointe au front. Le sang m'inonda les
« yeux et m'entra dans la bouche. J'en avalai
« quelques gouttes. En fus-je grisé comme
« d'un vin capiteux ? Lui trouvai-je une sa-
« veur qui me fit désirer de boire celui d'un
« autre ? Il est certain que je vis littérale-
« ment tout rouge autour de moi, et que je me
« sentis comme un appétit de chair humaine.

« Je me précipitai sur mon adversaire, sans
« songer à me garer, tout au désir de le tuer.
« Déconcerté par le feu de mon attaque, quoi-
« que brave, il tourna le dos. Je lui enfonçai
« mon arme entre les deux épaules et, la reti-
« rant aussitôt, je le lardai de coups jusqu'à
« ce que la lame se brisât. Je ne m'apercevais
« pas qu'il était mort et, dans ma rage, ne
« pouvant lui faire de nouvelles blessures,
« je me jetai sur une plaie ruisselante qu'il
« avait au cou, j'y appliquai mes lèvres et je
« bus du sang. Mes camarades revenus de leur
« stupeur, voulurent m'arracher de ce cadavre.
« L'un d'eux me blessa légèrement à la main.
« Alors, m'armant du couteau du mort, je me
« retournai vers celui qui m'avait atteint, je le
« frappai jusqu'à ce qu'il tombât à son tour.
« Mais, épuisé moi-même, je sentis ma tête
« tourner, mes jambes fléchir, et je m'allon-
« geai sur le sable où je perdis connaissance.
« Quand je revins à moi, il faisait nuit. Tous
« les témoins de cette scène et les deux cada-
« vres avaient disparu. Je me souvins, je me
« repentis et je pleurai. Mais la mort ou les
« présides m'attendaient, et il fallait songer à
« ma sûreté. Par crainte de quelque retour
« offensif de ceux qui m'avaient abandonné là,
« me croyant sans doute mort, je ramassai la
« navaja dont je m'étais si malheureusement

10

« servi. Rien ne bougea et je me dirigeai vers
« la rivière pour me laver. Après cette ablu-
« tion, voyant que je n'avais que d'insigni-
« fiantes blessures, je me mis en marche vers
« un port de la Méditerranée situé dans le voi-
« sinage, où demeurait un de mes frères. J'y
« arrivai au milieu de la nuit, et je fis part à
« mon frère de ma détresse. Une balancelle
« était heureusement en partance pour Oran,
« il me mit à bord, et on leva l'ancre au point
« du jour. Chose étrange ! Malgré mon regret
« très sincère de ce double meurtre, une soif
« de sang violente me reprit en voyant le cui-
« sinier du bord saigner une volaille. Je me
« sentis l'envie de saigner à son tour le cuisi-
« nier. J'aurais peut-être cédé à la tentation, et
« déjà je tournais autour de lui pour le sur-
« prendre, quand j'entendis derrière moi une
« mère qui faisait réciter la prière à son
« enfant. Alors il me vint une illumination. Je
« priai aussi et je jetai mon couteau dans la
« mer; puis je me couchai, pendant le reste
« de la traversée, la face contre le plancher du
« bateau. En débarquant, mon premier soin
« fut de me confesser. Je cherchai ensuite du
« travail, et j'en trouvai facilement. Je chan-
« geai de nom pour dépister les recherches;
« j'appris bientôt par des compatriotes que mes
« compagnons avaient détourné les poursuites

« de la justice, en disant que je m'étais noyé
« de remords sous leurs yeux. Ils ne m'en
« dirent pas plus long et je ne leur en deman-
« dai pas davantage. Mes premiers gains ont
« été consacrés à des messes pour mes victi-
« mes. Je n'en avais heureusement fait qu'une
« seule. Il y a quelques années je rencontrai
« dans ce pays mon second adversaire. J'eus
« presque une défaillance, croyant voir un
« fantôme. Mais il était bien vivant et, pour
« me le prouver, après m'avoir montré ses
« cicatrices, il me provoqua à un nouveau
« duel. Je refusai de me battre, lui disant
« qu'il était libre de me tuer, que je ne me
« défendrais pas, et j'implorai son pardon. Je
« lui demandai seulement d'envoyer à mes
« parents, qui étaient pauvres en Espagne, le
« prix des messes que j'avais fait dire pour son
« salut. Quand il apprit ainsi que j'avais songé
« à son âme, il me pardonna et nous sommes
« devenus amis, mais jamais nous ne parlons
« du passé.

« Ce qui vous paraîtra incroyable, c'est que,
« pendant des années, ce goût du sang m'a
« souvent tourmenté et qu'il me monte encore
« parfois aux lèvres. Je fais tous mes efforts
« pour chasser ces idées, jusqu'à fuir lorsqu'on
« égorge un animal et même à éviter, quand
« je vais en ville, de passer devant des bou-

« cheries. Cet étalage de viandes saignantes
« me trouble. Je n'aurais pu supporter de
« toucher à un cadavre sanglant. Je ne sais
« ce qui serait advenu, mais j'aurais pour sûr
« fait quelque acte de folie. Les fumées de
« l'ancienne ivresse me seraient revenues au
« cerveau. »

Tel fut le récit, dont il appartient aux psy-
chologues ou aux physiologistes de tirer des
conclusions, que nous fit le vieux Miguel,
dans une ferme des environs de Saint-Denis
du Sig. Les magistrats eurent la curiosité de
se renseigner sur son compte. Il était domestique chez un colon, excellent travailleur,
pieux, doux, de conduite irréprochable et
jouissait d'une bonne réputation. Son horreur
du sang était connue, mais on n'en soupçonnait pas la cause, et nous lui gardâmes le
secret. Miguel mourut l'année suivante du
choléra, qui fit dans la contrée un certain
nombre de victimes, principalement parmi les
Espagnols et les indigènes.

UTILITÉ DE LA LECTURE

I

Il y a quelque trente-cinq ans, alors qu'il n'existait pas encore un pouce de voie ferrée dans la province d'Alger, la circulation publique y était desservie par le roulage et les diligences dont le voyage ne manquait point de pittoresque et d'imprévu.

Le génie civil ou militaire avait construit des routes, sur certains points belles, spacieuses et solides, et d'autres sur des terrains mous que les pluies transformaient en bourbiers. Quelquefois elles s'interrompaient, et il y succédait un simple tracé, plus ou moins long, à travers champs, il n'y avait pas de ponts

10.

sur toutes les rivières. On devait en franchir quelques-unes à gué et, quand des crues rendaient le passage périlleux, il fallait attendre sur le bord que le torrent se fût écoulé ou sensiblement atténué. J'ai vu des conducteurs téméraires s'engager dans les *oueds* gonflés, où le véhicule, entraîné par le courant, allait en dérive, et plus d'un y sombrait.

La configuration souvent tourmentée du sol obligeait à des montées et à des descentes rapides. On n'y perdait guère de temps, les postillons ayant l'habitude d'aller toujours à fond de train, mais par moments la côte devenait si raide que, malgré l'ardeur et la vaillance de l'attelage, il fallait modérer l'allure jusqu'au pas, et même, quand le chemin défoncé par les intempéries donnait un tirage par trop laborieux, mettre une ou deux paires de bœufs en tête des chevaux. Aux lieux où les difficultés de traction imposaient ces ralentissements de marche, le voyageur ne pouvait pas impunément mettre pied à terre pour dégourdir ses jambes ankylosées. Qu'il suivît la grand'route ou prît de ces sentiers de traverse qui se rencontrent à chaque tournant, il était assailli par des nuées de mendiants indigènes de tout âge et de tout sexe, dont pouvait seulement avoir raison une trique maniée avec dextérité et prodigalité.

Les survivants de ceux qui se rendaient d'Alger à Orléansville, trajet d'une durée variant, selon les saisons, entre vingt-quatre heures et trois jours, et que coupaient assez fréquemment des incidents dont tous n'étaient pas pour l'agrémenter, ne peuvent avoir oublié la partie comprise entre Granger et le col du Zacchar. Granger, ainsi nommé d'un ancien soldat qui s'y était établi colon et aubergiste, se composait uniquement à cette époque déjà reculée, de l'auberge où l'on relayait, et d'une caserne de gendarmerie. La localité située sur les bords de l'Oued-Ger, entre Vesoul-Bénian et Bou-Medfa (le père du canon), à quelques kilomètres de chacun de ces villages et à trente environ de Milianah, avait été parfaitement choisie pour sa double destination de poste de surveillance et de halte de route.

Je ne me rappelle pas sans émotion le brave homme qui s'était installé, avec sa ménagère. dans ce bas-fond marécageux, d'où les fièvres automnales le chassaient parfois, et le bon lit et le souper réconfortant qu'on trouvait chez lui, après une journée de fatigues. On y était naturellement en compagnies diverses, et il s'y faisait de piquantes rencontres. J'y ai croisé des célébrités de tout genre, entr'autres Bombonnel, en route pour la tribu des Matmatah, où il allait chercher des dépouilles de lion à joindre à sa riche collection de peaux de panthères, et qui revint bredouille et perclus de rhumatismes, après quarante-cinq nuits passées à l'affût ; une hétaïre bien connue acompagnée d'un gros personnage très attentif à lui complaire, et qu'elle trompa sans mystère, en quelque sorte séance tenante et *coram populo*, en complicité d'un brigadier de cavalerie, un mâle superbe, sortant des escadrons de la Garde impériale. Je me souviens aussi d'une agréable soirée passée là dans une société de rouliers provençaux, auxquels je dus demander de m'admettre à leur table, parce qu'ils avaient accaparé toutes les provisions de la cuisine, et qui m'accueillirent avec le plus aimable empressement et m'amusèrent beaucoup par leurs récits et leurs chansons.

De ce point la route monte, sur un espace de douze à quinze kilomètres, jusqu'au col du Zacchar, fameux par ses coups de vent. Une lieue environ avant d'y arriver, et sur un parcours assez prolongé, la pente devenait tellement ardue qu'il fallait renoncer même au petit trot. Les voyageurs en profitaient quand il faisait beau, pour alléger l'équipage.

Mais qu'ils ne bougeassent de leur siège, ou qu'ils cheminassent pédestrement, une bande braillarde sortie de gourbis dissimulés

dans la broussaille s'abattait autour d'eux,
comme un vol de sauterelles. C'étaient les
enfants d'un douar famélique appelé par les
passants les *Béni-Meskine*, tous, garçonnets et
fillettes, de l'âge le plus tendre à la puberté
et au-delà, nus comme des vers, les plus vêtus
portant pour toute couverture une amulette
de cuir pendue au cou, qui vous escortaient
en psalmodiant ce refrain en sabir soufflé par
quelque loustic :

> Sidi Kobtan, donnar Sordi,
> Baba morto, maman morto,
> Makach mangear rien d'aujourd'hui. (1)

J'ai déjà dit que l'unique moyen de les
écarter était une distribution libérale de coups
de canne, mais si vous ouvriez le porte-monnaie,
les frères et les mères, aux aguets dans les
fourrés voisins, accouraient à leur tour, et
jusqu'à des vieillards à barbe blanche venaient
vous corner aux oreilles : « Baba morto,
maman morto. » Ils ne se dispersaient qu'au
moment où le fouet du postillon, prêt à
reprendre sa course, décrivait dans l'air
quelques sillons menaçants.

Un soir de printemps, je revenais de Bou-

---

(1)   Seigneur Capitaine, donnez un sou ;
Mon père est mort, ma mère est morte,
Je n'ai rien mangé d'aujourd'hui.

Medfa, où j'avais procédé à un bornage entre colons et présidé un conseil de famille. J'avais avec moi mon greffier et un géomètre, et nous étions à cheval, mode de locomotion que j'affectionnais et dont je pus, comme on va le voir, me féliciter particulièrement d'avoir fait usage ce jour-là.

L'heure du passage de la diligence avait depuis longtemps sonné, cependant tout le douar des Béni-Meskine était rassemblé sur la route, et chacun très affairé, les femmes poussant des cris lamentables, les hommes levant les bras au ciel, les enfants en pleurs. Je ne jurerais point qu'aucun ne nous ait, par habitude, demandé l'aumône, mais ce n'était pas ce qui les attirait au devant de nous.

« Un de nos enfants, dirent-ils, s'est égaré « dans la broussaille en jouant avec ses cama-« rades. Nous l'avons vainement appelé et « cherché. La nuit est tombée, déjà les cha-« cals miaulent et l'hyène rôde. Il va être « dévoré par les fauves ou périr de froid. « Vous autres Français, qui êtes gens de res-« source, vous nous aiderez peut-être à le « retrouver. »

Il me revint alors en mémoire une anecdote que connaissent tous ceux qui ont lu Bernardin de Saint-Pierre, et m'en inspirant, je leur conseillai de se servir de leurs chiens

pour chercher l'enfant perdu. « C'est malheu-
« reusement impossible, les chiens arabes
« n'ont pas d'odorat. Ils ne savent qu'aboyer
« et mordre, et s'ils le découvraient, ils le
« mangeraient aussi sûr que les bêtes mal-
« faisantes de la forêt... »

Je savais qu'en un village peu éloigné
habitait, pour le moment, un chasseur de profession qui avait des chiens merveilleusement
dressés. C'était un certain Julien, dont je n'ai
jamais connu le nom patronymique, ni les
aventures, un grand gaillard roux, sec et
vigoureux, d'allures gentilhommières sous
ses vêtements grossiers, non dépourvu d'ailleurs d'instruction et de conversation, sans
doute quelque déclassé poursuivi de male-
chance, un type en tout cas peu banal, qui
mérite en passant une mention. Il ne bracon-
nait pas, il avait un permis. Désiriez-vous
quelque gibier, plume ou poil, sanglier,
lièvre, perdrix, bécasse, il suffisait de le
prévenir la veille ou le jour d'avant, vous
étiez toujours servi à point.

Julien faisait ses coups à l'aube, et il passait
la nuit sur le terrain de chasse. Après souper,
il partait escorté de trois chiens remarquables,
un molosse membru, à large poitrail, qu'il
disait avoir ramené de Thessalie et qu'à cause
de cette origine et pour sa tête énorme, Julien

qui se piquait d'humanité, appelait Bucéphale ;
Trompette, un loulou ainsi baptisé pour son
jappement sonore et sa queue recourbée en
forme de cor de chasse ; et Bou-nif (le père
du nez), un chien d'arrêt de subtilité surprenante. Julien emportait un grand sac, dans
lequel il s'enveloppait avec son fusil, et la
tête couverte d'un bonnet de peau de renard,
il se couchait dans une clairière, un chien à
sa tête, l'autre à ses pieds, le troisième faisant
la ronde. Si quelque danger menaçait, la sentinelle éveillait son maître sans bruit, en lui
léchant le menton.

C'est ainsi qu'il lui arriva de tuer mainte
panthère, et qu'il tenait en respect les détrousseurs nocturnes qui ne se seraient fait aucun
scrupule de lui couper le cou pour voler ses
armes réputées infaillibles.

Je fis donc partir un Arabe ventre à terre,
avec deux chevaux pour m'amener Julien et
ses chiens. Le chasseur était heureusement
chez lui, il achevait de s'équiper pour une de
ses expéditions cynégétiques, et quelques
minutes plus tard on ne l'eût point rencontré.
Etant tout préparé, il ne se fit pas attendre.

Après l'avoir mis au courant, je lui racontai
brièvement le fait rapporté par l'auteur de
Paul et Virginie. Il ne douta point que l'occasion qui se présentait d'expérimenter la saga-

cité de ses élèves ne fût pour eux une épreuve triomphante. Nous demandâmes alors un burnous de l'enfant, ce qui embarrassa fort les parents, car il n'en avait pas ; pourtant ils finirent par apporter une loque sordide dont on le recouvrait, avec ses frères, pendant la nuit.

Julien ne put réprimer un geste de désappointement en apprenant que ce chiffon servait à plusieurs, mais quoique contrarié, il ne se découragea point, il le fit longuement flairer en tous sens par sa petite meute, puis il envoya les chiens dans trois directions différentes, avec le bref commandement de : Cherche. J'ai rarement assisté à scène aussi émouvante. Plus de cris, plus de larmes, tous les yeux anxieusement fixés, avec des regards suppliants, sur le chasseur, impassible comme s'il eût été l'arbitre de la destinée.

Cinq minutes d'angoisse et d'espérance. Julien me dit tout bas qu'il commence à trouver le temps long, mais pas une contraction du visage ne décèle ses appréhensions. Tout-à-coup Bou-nif fait entendre un aboi significatif, et le chasseur s'élance dans la brousse, où nous le perdons aussitôt de vue.

Il reparait, rapportant, serré contre sa poitrine, dans son veston, l'enfant déjà tout bleui de froid, qu'il avait trouvé endormi sous

11

un buisson. On n'a pas de couleurs pour peindre les grandes joies. « Tu es notre père ! » s'exclamaient ces pauvres gens, et tous, hommes et femmes, de le prendre par la tête pour l'embrasser, de baiser ses mains et ses habits. Je fus également très embrassé moi-même et mes compagnons reçurent aussi de vives accolades. Il n'est pas jusqu'à Bou-nif qui, malgré le mépris où les tribus tiennent ses congénères, n'obtînt sa part de caresses.

« Et maintenant, allons prendre un bain », dit en remontant à cheval mon greffier, un vieil Algérien qui savait par expérience ce que rapportent de pareils contacts et avait en vain cherché à s'y dérober.

Nous étions couverts de vermine ; mais Bernardin de Saint-Pierre, un demi-siècle après sa mort, avait sauvé une existence humaine.

ÉPISODES DE LA FAMINE DE 1867-68

Les populations musulmanes de l'Algérie n'avaient point d'histoire, ce qui ne veut pas dire qu'elles fussent heureuses, depuis des temps bien antérieurs à notre conquête, et le souvenir des événements importants se transmettait, à défaut d'annales écrites, par la tradition orale. C'est ainsi que, lorsque j'arrivai dans le pays en 1861, j'appris, à l'occasion d'un tremblement de terre, des détails intéressants sur celui qui avait bouleversé la Mitidja en 1825. Les vieillards en parlaient avec épouvante et, en passant de la bouche des témoins dans celle de leurs enfants, le récit de la catastrophe prenait, *crescit eundo fama*, des proportions qu'en réalité elle n'eut jamais, malgré les grands désastres qu'elle causa.

J'entendis aussi, à une époque où la disette
désolait la plaine du Chéliff, bien des gens qui
se rappelaient avoir passé par plus d'une
épreuve semblable, mais rien dans ce passé ne
permettait de prévoir des calamités compa-
rables à la famine de 1867-68. Elle ne surprit
personne. Trois années consécutives de
fléaux : sirocco, sécheresse, sauterelles, l'an-
nonçaient, mais le mal dépassa en horreur les
conjectures des imaginations les plus pessi-
mistes, et je ne crois pas que la légende qui
s'en fera puisse jamais aggraver l'histoire.

Il a été constaté que les ravages s'étendirent
en raison directe de l'ampleur des propriétés,
et que les souffrances furent nulles ou insigni-
fiantes pour les détenteurs de petits fonds
qu'ils cultivaient eux-mêmes, tandis que les
familles établies sur de vastes biens soumis à
une exploitation collectiviste périssaient par
milliers.

J'habitais à cette époque la ville d'Oran, où
j'exerçais les fonctions de juge d'instruction,
et je dus, en cette qualité, informer sur des
crimes ou des délits qui étaient des conséquences de cette inénarrable misère. On en
dénonçait parfois de fictifs, dont les auteurs
prétendus avaient pour but de se soustraire à
la mort, en se faisant nourrir en prison. Un
indigène prenait tout à coup le galop dans la

rue, emportant un burnous sous son bras. Un
coreligionnaire le poursuivait, en criant : au
voleur ! Le fuyard était bientôt arrêté. « Il est
« vrai, disait-il au dénonciateur, que je t'ai
« volé ton burnous, mais toi-même tu l'avais
« volé ». Le plaignant avouait, et on les
emprisonnait tous deux.

L'instruction révélait souvent qu'aucun
délit n'existait et elle se terminait par un non-
lieu, mais les inculpés avaient eu huit ou
quinze jours de vie assurée. De retour parmi
les leurs, ils dévoilaient le stratagème auquel
ils avaient recouru, la comédie se renouvelait
avec d'autres acteurs. Le Parquet (1) n'était
point dupe, mais il ferma les yeux par humanité
jusqu'au jour où l'encombrement des prisons
contribua à y propager une épidémie de
typhus engendrée par les privations, et qui
fit en ville, dans toutes les classes de la
population, de nombreuses victimes, notamment le Maire, plusieurs médecins civils et
militaires et des agents de la police locale.
Les hôpitaux regorgeaient, il n'y avait de
place qu'à mesure des décès, et on voyait, à la
porte, des malheureux attendant la sortie du
mort pour aller occuper son lit. Beaucoup, en

(1) Le chef du Parquet était M. Pouget, aujourd'hui
président de Chambre à la Cour d'appel de Mont-
pellier.

la répulsion instinctive que les indigènes ont de l'hôpital, préféraient promener leurs derniers souffles sur la voie publique, et quand ils tombaient, on les ramassait à l'état de cadavres. Un nègre que j'avais mandé en témoignage s'affaissa subitement sur le seuil de mon cabinet. On le porta à l'air; il expira dans la rue entre les bras de ceux qui l'assistaient.

La famine dura plusieurs mois, attirant dans les villes, où elles trouvaient quelques secours, des populations venues souvent de fort loin. Elles s'y accumulaient en un tel entassement, qu'il fallut prendre des mesures coercitives pour les tenir à distance. Ils pouvaient, ces miséreux, se compter, jeter sur nous le poids accablant de leurs masses et mourir en combattant, après avoir chèrement vendu leur vie ; ils n'y songèrent pas; ce qui témoigne peut-être autant de leur imprévoyante insouciance que de leur douceur.

La charité des particuliers se montra généreuse, mais elle avait ses limites. La municipalité distribuait tous les jours des subsistances, mais il n'était pas possible de tailler sa part à chacun, et l'on voyait les infortunés qui n'avaient pu participer à ses aumônes disputer aux chiens les os et les trognons de légumes des dépôts de détritus. « Les fos-« soyeurs iront par la ville criant : qui a des

« morts à enterrer ?... » et comme à Florence
la pestiférée, des tombereaux circulaient
matin et soir, ramassant dans les rues la pro-
vende quotidienne de la fosse commune.

Dans la campagne, la solitude et le silence
partout, pas une tente à l'horizon, des puan-
teurs de charnier traversant l'air par bouffées,
de ci, de là, des carcasses rompues, évidées,
où le ver n'aurait pas trouvé sa pâture.
Quelquefois la broussaille tressaillait et l'on
en voyait sortir, rampant péniblement, une
espèce d'immonde bête spectrale, toute
d'échine, blême, difforme, la peau retombante
vidée de chair, la bouche sans lèvres, rien
que des dents démesurément longues et
des yeux démesurément dilatés. Cette larve
sinistre, cette loque, vivante puisqu'elle
remuait, avait été un homme marchant le
corps droit et la tête haute, une créature faite,
selon le langage des Ecritures, à l'image et à
la ressemblance de Dieu.

La peste, la guerre tuent d'un trait ; cela
traînait pendant des jours et des jours son
agonie gémissante, comme si la mort n'avait
pas faim d'une si pitoyable proie. Il en périt
au bas mot un demi-million.

Je ne raconte rien par ouï-dire, je rapporte
seulement des faits dont j'ai été témoin et
que constatèrent pour la plupart des procès-

verbaux judiciaires, et je me bornerai à un
petit nombre, parce que le cœur se soulève
à la pensée de ces horreurs ; mais vécut-on
cent ans, ces choses là ne s'oublieraient point.

Un jour, on découvrit dans une grotte aux
abords de la ville, deux cadavres mutilés, un
homme et un enfant, qui furent reconnus pour
le père et le fils. Celui-ci avait le crâne en
bouillie, le corps de l'autre portait les traces
d'une cinquantaine de coups de couteau.
Aucune blessure ne paraissait mortelle, mais
ce qui lui restait de sang avait coulé par ces
entailles, et il était mort d'épuisement. Le
drame, je n'ose dire le crime, était facile à
reconstituer. Pendant le sommeil de l'enfant,
le père lui avait écrasé la tête avec une grosse
pierre, à laquelle adhéraient des fragments
de cervelle, et il s'était ensuite frappé de son
arme jusqu'à ce que son bras lassé lui refusât
le service.

A peine cette funèbre constatation terminée, la justice fut avertie qu'aux environs
de Miserghin une femme avait tué et mangé
son enfant. Je me transportai en hâte sur les
lieux. Sous un gourbi en ruines, deux enfants
se tordaient dans les convulsions, et à côté,
gisait immobile un squelette encore recou-
vert de sa peau, une momie jaune, les os des
coudes et des genoux saillissant effroyable-

ment. C'était la mère. Nous la soulevâmes et
essayâmes de tirer d'elle quelques paroles.
Elle répondit par un grognement inarticulé
et, brisée de cet effort, elle tomba en défaillance. On la ranima avec quelques cuillerées
de café noir, et elle put prononcer quelques
mots. Nous comprîmes que le père n'ayant
plus rien à leur mettre sous la dent était allé
chercher sa vie ailleurs, que depuis plusieurs
jours les enfants bramaient la faim et que
l'aîné, une fille d'une douzaine d'années,
étant malade, mourante, suppliait qu'on mît
un terme à ses souffrances. Alors la pensée
était venue à la mère de la tuer et de
donner le cadavre en pâture aux plus petits.
Elle ne s'était pas senti la force d'y goûter,
mais ils en avaient mangé... ils en moururent.

Des voisins nous disent qu'ayant été attirés
le matin par une odeur de viande grillée, ils
étaient venus demander leur part. Aucun
n'y avait touché, ils étaient allés prévenir le
le juge de paix de Miserghin (1). Ils nous
montrèrent au dehors les restes d'un feu, sur
lequel on voyait des entrailles brûlées, et tout
auprès, un corps de jeune fille étendu, le
ventre ouvert.

---

(1) Ce juge de paix, M. Carayol, aujourd'hui conseiller à la Cour d'Alger, a certainement gardé ces
souvenirs.

11.

Des cerveaux détraqués par de pareils
jeûnes ont perdu tout discernement, et la
malheureuse n'était pas responsable de son
horrible action. On la chargea comme une
masse inerte sur une charrette, et on la
transporta à l'hôpital d'Oran. Son estomac ne
pouvait plus supporter d'aliments ? et à la première ingestion de nourriture elle succomba.
Sa mort me fut assez cyniquement annoncée,
car la répétition de ces tragédies émoussait
toute sensibilité, et la gaieté française trouve
le mot pour rire même sur un cercueil.
« Sitôt la potée avalée, elle a rendu le bouil-
« lon et, avec le bouillon, l'âme », m'écrivait
le lendemain un officier de santé chargé d'en
prendre soin.

Le premier janvier 1868 je m'embarquai
pour Alger, sur le *Kabyle*, de la Compagnie
Touache, commandé par le capitaine au long-
cours Gaude. La mer était grosse, des lames
balayaient le pont, et tous les passagers durent
s'enfermer dans leurs cabines. Le mauvais
temps se prolongeant, nous brûlâmes toutes
les escales. De ma couchette, je croyais par
moment entendre des lamentations monter des
profondeurs du navire, mais le gémissement
du vent et de la vague ressemble quelquefois
à des plaintes humaines. Je ne me trompais
cependant pas, et j'eus l'explication lorsque,

au moment de débarquer, je vis soudain apparaître sur le pont une vingtaine de spectres grelottant dans leurs burnous effilochés.

Après ceux-là, il en monta d'autres, et du quai je pus en apercevoir le pont couvert. Ils étaient restés à fond de cale pendant la traversée, et on leur faisait prendre l'air, après la tempête.

Je restai quinze jours à Alger, et j'en revins par le même bateau, qui avait, dans l'intervalle, effectué le même trajet, aller et retour. Je ne vis en prenant place à bord nulle trace d'Arabes ; mais de temps à autre, durant le voyage, il en surgissait des escouades qui venaient un moment respirer.

C'étaient les mêmes avec lesquels j'avais fait, sans m'en douter la traversée. On ne les promenait pas ainsi sur les flots pour leur agrément. Ces indigènes appartenaient à la subdivision de Mostaganem. Ils étaient arrivés en mendiant jusqu'à Oran, qui avait assez de ses pauvres, et l'administration s'occupait de les rapatrier.

On ne les reconduisait point par terre, parce que la surveillance en eût été trop difficile, et on les ramenait par une voie d'où ils ne pouvaient s'échapper. L'état de la mer n'avait pas encore permis de les débarquer. Devant le port où ils devaient être déposés, on leur fit une dernière distribution d'aliments, pain, haricots, pommes de terre, rogatons de toutes sorte. Il n'y eut pas moyen de procéder par ordre, de manière que chacun reçût sa part. Ils se ruèrent sur les provisions, se renversant les uns sur les autres, les plus forts foulant aux pieds les faibles, insensibles aux coups dont on châtiait leur brutalité.

Quand il fallut descendre dans les canots, ces malheureux s'accrochèrent aux cordages, aux bois, aux ferrures, à tout ce qui tenait au navire, même aux gens ; on dut les enlever de force ; et plusieurs se jetèrent à l'eau, où ils s'engloutirent.

Terminons par un trait moins lugubre. Ces affamés entraient quelquefois dans les maisons pour solliciter la charité. Rarement ils volaient, et ils ne maltraitaient point les gens. Jamais il n'y eut moins d'attentats contre les personnes et les propriétés.

Un jour, il en pénétra un jusqu'à ma salle à manger, dont la porte, communiquant avec le palier, se trouvait ouverte. Il ne toucha pas à l'argenterie, mais il prit le pain qui était sur la table. Comme il s'enfuyait, il se rencontra face à face avec moi. Il se prosterna à mes pieds, les baisant et demandant pardon. Je le laissai s'en aller avec son pain. Plusieurs fois il revint, mais s'arrêtant au seuil de l'apparte-

ment pour attendre sa pitance. Puis je cessai
de le voir, et je pensai qu'il avait à son tour
payé tribut à la mort. Deux ans après, je ren-
trais en France, appelé à un autre poste.

Au milieu des amis qui m'accompagnaient
au départ, un indigène s'insinua, en jouant des
coudes, jusqu'auprès de moi. Il me prit par la
manche et, y appliquant ses lèvres, il me dit :
« *Bono mossiou, bonjour* ». Je reconnus en lui
mon pensionnaire qui venait m'apporter un
salut reconnaissant et ses vœux de bon
voyage. Il était gras.

GENDARMES

Le général Ambert a consacré aux gendarmes un des plus éloquents chapitres de son
beau livre intitulé *Soldat*. Je ne serais pas
étonné d'apprendre que la légion d'Afrique
formât la quintessence de ce corps d'élite.
Nulle part, je n'ai rencontré à un égal degré
le parfait équilibre du physique et du moral.
Si distingués que fussent les officiers, et l'on
sait qu'ils n'arrivent qu'au concours, les troupes
se montraient peut-être, toute proportion gardée, supérieures. Ce résultat faisait d'ailleurs
autant l'éloge des chefs que des soldats. On
abuse quelquefois du mot d'héroïsme ; je doute
qu'on puisse plus justement l'appliquer qu'à
ces bons et modestes serviteurs, dont j'ai été
en mesure d'apprécier les qualités et, je ne

crains pas d'exagérer en employant ce terme,
les vertus professionnelles.

On me pardonnera de citer quelques noms,
les seuls qui restent dans ma mémoire, mais
en me rappelant le brigadier Ruzé, les gendarmes Didier-Pélos, Boulier, Hugues, Gar-
cin, j'éprouve un sentiment de fierté patrio-
tique. C'est une satisfaction profonde de penser que notre armée comptait de tels hommes
dans ses rangs subalternes, et comme les traditions du corps vivent toujours, notre pays
doit s'applaudir de posséder une arme de cette
valeur. Activité infatigable, endurance, courage, dévouement, discipline ; aucun de ces
dons militaires ne leur manquait ; mais c'étaient
là, peut-être, leurs moindres mérites, et j'ai
surtout admiré en eux, l'intelligence. De quel
secours ils étaient pour la justice et pour l'administration, je l'ai expérimenté comme magistrat et comme préfet, et j'en puis rendre le
plus honorable témoignage. J'ai vu des milliers de procès-verbaux de gendarmerie. Ces
pièces ne brillaient certainement pas par la
littérature, c'était souvent informe et parfois
grotesque et on y sentait des lacunes, mais
jamais je n'ai constaté une inexactitude fon-
cière dans ces documents, jamais non plus la
trace de préoccupations passionnées.

Pourtant ils opéraient au milieu de popula-

tions parlant une autre langue, et ils n'avaient
pas à leur disposition des interprètes pour les
assister. On eut dit que le sentiment du
devoir illuminait leur esprit, que le cœur
leur montait à la tête pour l'éclairer de sa
chaleur. Quand je leur demandais comment
ils s'y prenaient. « Nous savons, répondaient-
« ils, quelques mots d'Arabe, on trouve par-
« tout des indigènes baragouinant un peu de
« *Sabir*, avec cela, et en apportant le plus
« grand soin aux constatations matérielles,
« nous arrivons tant bien que mal à nous
« tirer d'affaire. Surtout peu nous importe
« que le coupable s'appelle Ahmed ou Kad-
« dour, nous le recherchons sans autre visée
« que la vérité. En outre, nous ne sommes
« pas impopulaires dans les douars, et n'ayant
« rien à craindre pour notre sécurité, nous
« agissons avec une complète liberté d'esprit.
« Si nous avions à songer à notre défense
« personnelle, cette préoccupation gênerait
« nos efforts, qui alors n'aboutiraient pas sou-
« vent. Les indigènes comprennent que nous
« ne sommes pas leurs ennemis, que nous
« défendons leurs personnes et leurs biens,
« comme la vie et les propriétés des colons,
« et ils nous secondent quelquefois. »

C'est avec raison qu'ils prétendaient ne pas
rencontrer d'hostilité dans les tribus. Les

Arabes estiment le gendarme parce qu'il est brave ; ils rendent justice à son impartialité et reconnaissent son humanité. Rien qu'à leur façon de prononcer le mot *gendarmi*, on sent, mêlée à la crainte révérentielle qu'inspire le représentant de la loi, une nuance de bienveillance, qui s'adresse à l'homme bénin et débonnaire dont il ont éprouvé la longanimité. Il n'est pas à ma connaissance qu'en dehors des périodes d'insurrection les indigènes aient commis des attentats contre les gendarmes dans leurs tournées. Je me trompe, c'est arrivé une fois, mais on va voir que le dénouement ne contredit pas mes assertions.

A une époque où notre province de l'Ouest se débattait sous le double fléau des sauterelles et des incendies, les autorités de Sidi-bel-Abbès étaient dans la nécessité d'envoyer journellement les gendarmes dans toutes les directions pour avertir les populations, préparer et rassembler des secours. Cette corvée s'ajoutant aux obligations quotidiennes du service, ces militaires étaient sur les dents, et on avait dû dédoubler les contingents.

Ainsi la correspondance, qui s'effectue normalement à deux, avait été confiée à un seul. Un gendarme unique avait été en conséquence chargé du transfert d'un prévenu à Tlemcen.

D'habitude, quand la famille du prisonnier a connaissance de ce déplacement elle accompagne son parent jusqu'à destination, se tenant à distance, mais s'approchant parfois pour échanger, durant le trajet, quelques paroles avec lui. C'est l'affaire de la gendarmerie de tolérer ou d'empêcher ces communications. Lorsqu'elle n'y voit pas d'inconvénient, elle les autorise, en prenant soin de les surveiller. A peine sorti de la ville, le gendarme remarqua que cinq ou six indigènes le suivaient. Il leur intima l'ordre de rebrousser et ils obéirent. Il les vit cependant reparaître de loin en loin, et il dut leur montrer ses pistolets. Il les croyait enfin partis, lorsque, à un endroit où la broussaille commençait à s'épaissir, le prisonnier s'arrêta comme exténué et lui dit qu'il mourait de soif et n'avait pas la force de marcher davantage. Le gendarme, pris de compassion, tira une orange de ses fontes, et la lui offrit.

« Sois béni, toi qui me rends la vie », s'écria le prisonnier.

Mais comme l'autre lui tendait le fruit, il lui saisit la main et chercha à l'entraîner. Le prisonnier était très fort, le gendarme, dont le geste avait dérangé l'équilibre, tomba. Aussitôt surgirent de la brousse les Arabes qu'il avait déjà vus le matin et qui s'étaient attachés à ses pas sans qu'il s'en doutât. Ils se saisirent de sa personne, lièrent ses jambes avec les cordes de poil de chameau dont ils entourent leurs coiffures, et ses mains avec son propre mouchoir. Puis ils le déposèrent doucement sous l'ombrage d'un énorme caroubier, en ayant soin de placer sa tête à l'abri de l'insolation. Les agresseurs essayèrent de s'emparer du cheval, mais l'animal les écarta de ses ruades et, se sentant libre, il s'élança dans la direction de Bel-Abbès.

Le gendarme avait été ligotté si serré que tous ses efforts pour détendre ses liens furent impuissants. Il n'éprouvait pas néanmoins de bien vives appréhensions, parce qu'il était sur le bord d'un chemin très fréquenté en cette saison. Les heures s'écoulèrent cependant sans que personne vint à passer, et le soleil baissait sur l'horizon, quand il entendit un galop furieux qui se rapprochait. Tournant les yeux de ce côté, il voit un indigène qui arrive bride abattue sur son propre cheval, qu'il supposait revenu depuis longtemps à la caserne.

Devant le caroubier, le cavalier met pied à terre et, ôtant son couteau de la gaîne, il s'avança silencieusement vers le gendarme. Le pauvre homme croit sa dernière heure venue, il recommande son âme et ferme les

yeux. Mais ce n'était pas une main homicide,
c'est une main bienfaisante. Au lieu de la
mort, c'est la délivrance Ses entraves sont
coupées, et son sauveur le remet en selle et
l'escorte jusqu'aux murailles de Sidi-bel-
Abbès. Le libérateur ne voulut pas entrer
lui-même en ville. Cette romanesque aventure est absolument authentique. On en trouverait la mention dans les journaux Oranais
de l'époque, le juge de paix de la localité,
M. Besse de Laromiguière, devenu conseiller
à la Cour d'appel de Toulouse, m'en a attesté
la véracité, et elle doit être consignée aux
procès-verbaux de la gendarmerie.

Où leur tâche devenait difficile et délicate,
c'est dans la surveillance des vagabonds, parmi
lesquels se trouvaient souvent des repris de justice fort dangereux, et ils ont effectué certaines
captures dans des conditions qui faisaient particulièrement honneur à leur perspicacité. J'ai
reçu un procès-verbal de gendarmerie, à peu
près ainsi conçu : « Cet homme marquait mal
« et n'avait pas de papiers, mais il parlait
« comme un avocat. M. le Maire, homme simple
« et court d'esprit, enjôlé par son éloquence,
« l'a relâché. Il nous a paru que c'était à tort.
« Nous sommes allés attendre le particulier
« à la sortie du village, flairant en lui un gibier
« de potence. En nous voyant, son œil s'est

« inquiété. Nous l'avons mis en arrestation,
« nonobstant ses belles phrases. » Cet individu était en effet un condamné en rup-
ture de ban, signalé comme un malfaiteur
redoutable et recherché depuis longtemps par
la police. Les termes du procès-verbal étaient
certainement durs pour le représentant de
l'autorité municipale et sortaient de la gamme
ordinaire. Mais comment en vouloir à son
auteur de la forme si originale et si forte de
sa pensée ? Quelle saveur et quelle intensité
d'expression dans *son œil s'est inquiété ! Homme
simple et court d'esprit* est une trouvaille de
grand peintre, on ne trouverait pas de formule
plus incisive dans Tacite.

Un gendarme d'Arzew voit arriver sur le
marché de Saint-Cloud un indigène étranger à
la localité. Ce visage ne lui semble pas tout-
à-fait inconnu, mais il ne peut y appliquer un
nom. Convaincu cependant qu'il l'a déjà rencontré quelque part et en mauvaise posture,
il le surveille. Bientôt le gendarme remarque
que les habitants d'un douar du voisinage se
rassemblent autour du nouveau venu.

Alors il s'approche, regarde l'étranger entre
les deux yeux, et des souvenirs précis se ré-
veillent. « Tu as vieilli, mais tu es un tel, je
« te reconnais bien. Je t'ai arrêté autrefois ici
« même. Tu as été condamné à dix ans de tra-

« vaux forcés par la cour d'assises d'Oran. Ton
« temps n'est pas fini. Tu as été grâcié ou tu
« t'es évadé de Cayenne, tes papiers ? » L'identité de cet indigène fut aussitôt établie. Il
avoua que, peu de temps après sa transporta-
tion à la Guyane, il s'était échappé avec des
compagnons de bagne, sur un bateau volé à
des pêcheurs nègres. Recueilli en mer par un
navire anglais, qui l'avait d'abord emmené
à Démémary, il était ensuite passé à la
Nouvelle-Orléans. Après quelques années de
séjour aux États-Unis, où il avait successivement fait métier de portefaix, de matelot et de
cuisinier, l'aventurier s'était embarqué pour
Gibraltar. De là il avait pu gagner le Maroc et
son pays. Encore quelques mois et sa condamnation se trouvait prescrite. L'autorité supérieure s'intéressa à son sort, et obtint qu'il fût
grâcié du restant de sa peine.

J'ai toujours vu dans les brigades des petits
centres intérieurs le gendarme vivre en bons
rapports avec les colons. Ceux-ci moins do-
ciles que les indigènes et plus contempteurs
de l'autorité, se rebiffaient parfois contre sa
poigne, et pour excuser leur rébellion : « Ce
« Pandore et moi nous sommes en rivalité
« amoureuse. Il courtise ma maîtresse et veut
« me faire mettre en prison pour me supplan-
« ter. » Combien de fois ai-je entendu ce

refrain, proféré sans conviction, et dont ni le bon gendarme, ni ses chefs, ni personne ne s'émouvait.

Il n'était pas possible, dans les chefs-lieux de justices de paix ou bourgades moins importantes munies d'une brigade de gendarmerie, d'empêcher cette milice de fréquenter la population civile, son existence eût été quelquefois par trop triste, et les officiers, comprenant la difficulté d'interdire ces relations, se bornaient à prescrire d'éviter des familiarités susceptibles de devenir gênantes ou compromettantes. Leurs hommes avaient plutôt à se défendre de certaines intimités qu'à les rechercher, parce qu'on était heureux de posséder au milieu de soi cette force protectrice, et qu'on leur faisait partout bon accueil. Ils se comportaient avec un tact auquel j'ai souvent entendu rendre hommage de divers côtés, et leur conduite régulière, leur irréprochable tenue étaient même d'un sain exemple dans ces agglomérations mélangées, où la liberté des allures n'allait pas sans engendrer quelque atrophie du sens moral.

Il serait injuste d'oublier ici la police, tant indigène qu'européenne. C'était un personnel en général de choix, presque constamment surmené à cause du nombre restreint des agents, mais qui ne reculait jamais devant l'accomplissement du devoir. Aussi redoutés, mais moins respectés que les gendarmes, leur tâche était souvent périlleuse ; ils exposaient bravement leur vie. En temps de calamités publiques leur zèle était admirable, et les épidémies ont fait dans leurs rangs beaucoup de victimes frappées obscurément.

Ce service de police ne pouvait être organisé que dans les villes, mais les villages avaient des gardes-champêtres. Chaque commune rurale en possédait un, quelquefois deux, et même dans certaines localités, où habitaient des Arabes autour des colons, on avait établi des gardes indigènes. Les agents de nationalité française étaient d'anciens soldats, ayant accompli leur service militaire en Algérie, recommandés par leur bonne conduite au régiment, et d'une vigueur physique et d'un courage éprouvés.

L'autorité civile s'appliquait à choisir leurs collègues indigènes avec le même soin. Les uns et les autres faisaient un métier très dur, obligés de se livrer à une surveillance de jour et de nuit, et opérant isolément. La plaque de leur bras, malgré le respect inné de l'Arabe pour l'autorité dont elle était le signe, ne les protégeait pas toujours contre les vengeances particulières. Pour remplir consciencieusement leur tâche, ils étaient

forcés de verbaliser souvent, d'où, chez certains contrevenants d'habitude des haines
implacables. Chaque fois qu'ils partaient
en tournée, ils risquaient de ne pas revenir.

POLITESSE ARABE

Dans son ouvrage sur le *Grand désert*, le
général Daumas raconte que, visitant un Ksar,
il y reçut l'hospitalité du chef, qui était un
homme riche et distingué. La mission française fut l'objet des prévenances empressées
des fils de l'hôte, parmi lesquels se trouvait
un enfant de six à huit ans qui émerveillait
les invités par sa gentillesse. Le soir, pendant
le repas, un serviteur vint parler à l'oreille
du chef de la famille. Quelques personnes
virent celui-ci pâlir légèrement, mais ce fut
une ombre fugitive sur son front et, quand on
se sépara pour le repos de la nuit, aucun des
voyageurs ne se souvenait plus de l'incident.
Le lendemain, au départ, l'hôte montra à ses
convives un visage tranquille, les pria, selon

les règles de la politesse musulmane, de prolonger leur séjour, et finalement, pour obéir
à un usage de l'hospitalité des tribus, il les
accompagna un bout de chemin. Au moment
de les quitter, il prit le général à part et lui
dit : « Pardonne-moi de ne pas te suivre plus
« loin. Mon fils aîné t'escortera jusqu'à la li-
« mite de mes terres. Pour moi, je suis obligé
« de retourner sur mes pas, afin d'assister
« aux obsèques de mon dernier né. Ce petit
« enfant, qui hier intéressait tous tes compa-
« gnons, est tombé, pendant que nous
« dinions, du haut d'une terrasse, dans la cour
« et s'est tué sur le coup. On m'a appris
« aussitôt la nouvelle. Je n'ai pas voulu vous
« chagriner en vous en faisant part. »

Ce trait de force d'âme n'étonna nullement
les indigènes auxquels je le rapportais au
cours d'une conversation sur les mœurs des
habitants du Sud.

« Celui qui demande notre hospitalité, me
« dirent-ils, se présente au nom de Dieu, qui
« veut que nous l'accueillions comme lui-
« même, dont la venue sous nos tentes serait
« une fête. Nous manquerions à un devoir de
« piété en attristant de nos douleurs person-
« nelles l'envoyé de Dieu. Chacun au surplus
« a ici-bas sa part de peines, et il doit la
« garder pour lui, en songeant à celles des

« autres. Il ne faut partager que les joies.»

J'eus quelque temps après, dans des circonstances que je ne saurais oublier, l'occasion de recevoir personnellement un touchant témoignage de l'urbanité musulmane, et de constater la singulière énergie de l'empire qu'elle peut donner sur soi-même. Un vieux caïd nommé Hadj-ben-Rabah, en faveur de qui, bien qu'il appartînt au territoire militaire et eût peu affaire à la sous-préfecture, je m'étais intéressé auprès du chef de l'administration civile, m'invitait depuis longtemps à une chasse au sanglier. Ayant appris un jour ma présence à Duperré, il vint me joindre au retour près du marché dit d'El-Kantara, qui était situé à plusieurs lieues de son habitation. Il n'était pas possible de se dérober à si avenante démarche, et je le suivis.

En route, nous prîmes avec nous un médecin militaire, qui se trouvait pour des opérations de vaccination dans les tribus. Celui-ci parut étonné de voir à cheval le caïd, qui était malade quelques jours auparavant et lui fit observer qu'il avait peut-être commis une grosse imprudence. Hadj-ben-Rabah répondit qu'il se sentait guéri. Sur quoi, le docteur hocha la tête d'un air d'incrédulité, et nous recommanda une allure modérée. Durant le trajet nous nous aperçûmes que notre hôte souffrait visiblement. Son visage était devenu très rouge et se contractait par moments. « La fraîcheur du matin et cet ardent soleil « ensuite, dit-il, m'ont un peu surpris, mais « ce n'est qu'un malaise passager. »

Comme nous descendions de nos montures, il appela ses serviteurs pour l'aider, il pâlit affreusement et tomba évanoui entre leurs bras.

Le malheureux avait une maladie pour laquelle l'exercice du cheval lui était momentanément interdit, et dont il ne parvint à guérir que par un long repos. Revenu de sa syncope, il n'y eut pas moyen de l'empêcher de nous tenir compagnie et de nous prodiguer ses attentions les plus assidues. Afin de ne pas prolonger sa fatigue, nous hâtâmes notre départ. A l'expression de mes regrets d'avoir été ainsi cause de son accident, il répondit que ce n'était pas trop payer le plaisir de recevoir un magistrat français. Il n'avait pas voulu retarder, sachant que je devais partir pour France, où peut-être je resterais.

Un indigène de la banlieue de Milianah donna un jour à mon greffier une leçon de convenance mémorable. Il possédait et cultivait une petite propriété sur les limites de laquelle il était en contestation avec un colon riverain.

Les deux voisins se décidèrent à demander

12.

le bornage. Après l'opération, ils nous accompagnèrent quelques instants, et l'Arabe qui avait affaire en ville, nous y suivit. « Puisque « tu as tant fait que de venir jusqu'ici, lui dit « le greffier, je n'entends pas que tu t'en « retournes sans dîner chez moi. » Il croyait faire une aimable plaisanterie, mais l'indigène répondit sérieusement qu'il acceptait. Grand embarras de l'officier ministériel, dont la ménagère n'eût pas accueilli avec enthousiasme cet étrange convive. « Mais je te pré- « viens, fit-il, que je n'ai à te donner qu'une « tête de cochon. — Oh ! reprit l'autre, « je suis sans inquiétude, du moment que « tu m'invites, c'est à toi à me choisir mes plats. » C'était bien dit, justement appliqué, et il avait pour lui les rieurs : mais on jugera peut-être qu'il gâta ensuite ses avantages par une recherche exagérée d'ostentation.

« Je te remercie, ajouta-t-il de m'avoir averti. « Mais puisqu'il ne m'est pas permis aujour- « d'hui de répondre à ta gracieuse invitation « j'attendrai qu'il te plaise de la renouveler « dans des conditions où je puisse en profiter.» Puis se tournant vers moi : « C'est demain « dimanche, jour où la justice de Paix vaque, « si tu veux avec ces Messieurs, venir déjeûner « chez moi, vous me ferez honneur et plaisir.» Il insiste, nous promettons. Je m'attendais à

une collation frugale, ce fut un festin. Nous y
trouvâmes, parmi les commensaux, son adversaire de la veille, avec sa femme et sa fille,
une blanche communiante du dimanche pré-
cédent. Notre amphytrion avait fait dresser une
table, recouverte d'une fine nappe et chargée
d'argenterie et de cristaux, loués à un restau-
rateur de la ville. Il nous servit du kouskouss
des perdreaux garnis d'une succulente sauce
rouge au piment, que les Arabes appellent
Marga, des plats apprêtés par un cuisinier
français, et pour boisson de l'eau et du lait
arabe, du Bordeaux et du Champagne. « Il
manque à mon menu de la charcuterie, dit-il,
à l'oreille de l'interprète, mais le greffier en a
mangé hier, et c'est une viande dont il faut
sobrement user sous notre ciel échauffant. »
Il lui en coûta cher de solenniser sa réception
mais l'amour-propre musulman triomphait :

Le nôtre, qu'il avait peut-être un peu l'arrière-
pensée de taquiner par ce fastueux étalage,
n'en souffrit nullement. Nous regrettâmes,
sans le lui exprimer, parce que c'eût été le
désobliger, qu'il se fût mis ainsi en dépense
et, selon le mot de l'Ecriture : vain, il emporta
une satisfaction vaine. Plus amusant le trait
malin ou naïf, de cet autre qui, offrant à un
touriste, qu'il avait amené chez lui, du lait
dans une écuelle malpropre, comme celui-ci

hésitait à y tremper ses lèvres, lui prit le vase des mains, en avala le contenu et alla le remplir ensuite au pis de sa vache. « Tu n'es pas habitué, lui dit-il, à nos boissons, mais j'ai voulu te prouver qu'un jeune homme comme toi peut prendre sans danger un breuvage qui ne fait pas de mal à un vieillard comme moi. Mon compagnon but alors quelques gorgées sans grimace et j'achevai, ce dont nous nous serions bien passés l'un et l'autre.

Mahomet était, personne ne l'ignore, sans rivaux dans l'art de tourner le madrigal, et les chefs-d'œuvre de la poésie arabe ont été inspirés par la femme, mais les mœurs de notre âge ne rappellent guère les beaux jours de la galanterie musulmane. On imagina à une certaine époque de faire distribuer par des dames les prix gagnés à des courses instituées entre indigènes. C'était un souvenir de la chevalerie dont la revivance devait, pensait-on, plaire à une société de goûts volupteux. Les vainqueurs, qui s'attendaient à recevoir leurs récompenses des mains de nos généraux, ne répondirent pas pour la plupart à l'appel de leurs noms.

MÉDECINS ARABES

Un indigène des environs de Milianah vint un jour, le visage bouleversé et tout pâle, me prier de me transporter à son gourbi, où il avait, en revenant du travail, trouvé son fils aîné pendu et mort. « Ce matin, dit-il, je suis « parti de bonne heure, avec ma femme, pour « aller glaner dans le champ d'un Européen, « qui m'emploie quelquefois. J'ai laissé mon « fils qui était très malade, sous la garde de « ses trois sœurs, âgées de quinze, douze et « huit ans environ, leur recommandant bien de « ne pas le quitter un seul instant. A notre « retour, vers midi, nous avons entendu des « cris et des lamentations. En entrant, nous « avons vu mon fils pendu à une latte du gourbi « son corps se balançant dans le vide. Mes

« filles affirment qu'il s'est donné la mort
« volontairement. Il leur aurait demandé la
« corde qui attachait notre chèvre, puis, fixant
« cette corde à la solive, il aurait pratiqué un
« nœud coulant. Il aurait ensuite passé la tête
« dans ce nœud, en abandonnant le coffre sur
« lequel il avait dû monter, et se serait lancé,
« de façon que ses pieds ne se reposant plus
« sur aucun appui, il se trouvait suspendu. Il
« avait expiré aussitôt. J'ai peine à croire que
« les choses se soient passées ainsi. Mon fils
« était tellement exténué et affaibli par la
« maladie qu'il n'avait pas la force de tenir
« debout. Je suppose qu'un malfaiteur qui
« voulait voler notre chèvre, s'est introduit
« dans le gourbi à un moment où mes filles
« jouaient au dehors malgré ma défense, et a
« étranglé et pendu mon fils. Ce qui me con-
« firme dans ce soupçon, c'est que je n'ai pas
« retrouvé l'animal.

« Peut-être l'assassin a-t-il menacé mes filles
« de mort, si elles parlaient. Il me paraît
« impossible qu'elles ne l'aient pas vu, tout au
« moins lorsqu'il emmenait la chèvre. Mais en
« dépit de mes supplications, elles s'obstinent
« à déclarer que leur frère s'est suicidé, ce
« qui, indépendamment de l'impossibilité phy-
« sique où se trouvait ce malheureux d'accom-
« plir cet acte pour lequel il fallait encore une

« certaine vigueur, n'arrive jamais chez les
« Arabes. Je ne m'explique donc sa mort que
« par un crime, et dans ce cas le meurtrier
« aurait soufflé leur récit à mes filles. Peut-être
« obtiendrez-vous d'elles la révélation d'un
« secret que je n'ai pu leur arracher. »

Je requis un médecin, qui était un aide-major
nommé Sarniguet et, accompagné de cet
homme de l'art, du greffier et de l'interprète,
je suivis le plaignant. En chemin, il retrouva
sa chèvre, qu'un colon avait prise broutant sa
haie et conduisait à la fourrière. Cette circonstance semblait écarter l'hypothèse d'un
vol. Nous trouvâmes dans le gourbi la mère
en pleurs et trois jeunes filles, moins âgées
peut-être que ne disait le père, mais bien
plantées et vigoureuses. Le cadavre n'avait
pas été décroché. Son examen convainquit le
docteur que la pendaison avait été postérieure
à la mort, mais la contorsion des membres
lui fit soupçonner un empoisonnement, il s'ap-
prêtait à l'autopsier.

Mais cette opération froisse profondément
les idées musulmanes, et le père me supplia
d'empêcher qu'elle fût pratiquée. Pendant son
colloque avec moi, les jeunes filles sortirent
du gourbi et essayèrent de s'enfuir. Il ne fut
pas difficile de les rattraper. Leurs parents
les adjurèrent de dire la vérité pour leur épar-

gner la douleur de voir ouvrir le cadavre.
Alors l'aînée prit la parole et dit : « Notre frère
« avait une maladie de peau pour laquelle on
« le frictionnait avec une décoction de tabac,
« ce qui lui faisait le plus grand bien. Il a pensé
« que ce remède si efficace à l'extérieur
« pourrait le guérir administré en breuvage.
« Nous lui en avons donné une potion, mais
« aussitôt il s'est roulé dans des convulsions
« épouvantables. Il est mort après quelques
« instants d'atroces souffrances. Prises de peur,
« nous avons imaginé de le pendre au moyen
« de la corde qui retenait la chèvre, et de dire
« qu'il s'était suicidé. » Elle décrivit la manière
dont elles avaient procédé, simula la scène, et
ses explications parurent tout-à-fait vraisem-
blables au docteur, qui découvrit d'ailleurs
sur le cadavre les traces d'une maladie cuta-
née et de la médication appliquée. Je fis comprendre à ces enfants qu'elles avaient commis
un homicide par imprudence à raison duquel
on pouvait les poursuivre, et je leur demandai
comment elles s'étaient décidées à agir sans
prendre conseil auprès des gens du voisinage. La fille me répondit qu'elle était allée
consulter un voisin, médecin de profession,
et qu'il lui avait permis de faire ce que son
frère désirerait.

J'envoyai chercher ce *Tebib*, qui ne demeu-

rait pas loin, et dès qu'il fut en présence de la
jeune fille, celle-ci changea de langage. Elle
reconnut avoir tout fait de son propre mouvement seule avec ses sœurs, dont la déclara-
tion confirma la sienne. Le Tebib ne devait
pas gagner gros à son métier, car il était misérablement vêtu, mais il avait une figure dis-
tinguée, l'air intelligent, et il s'exprimait en
termes choisis. Il nous apprit que le défunt
était atteint de deux maladies, une affection de
la peau et la dyssenterie. Pour cette dernière,
il avait engagé les parents à s'adresser à un
médecin français, le remède Arabe, qui consiste
à nourrir le malade de nèfles, ne pouvant être
employé à cause de la maturité insuffisante de
ce fruit en la saison. Quant à l'autre mal, il
l'avait soigné avec succès, selon une méthode
curative indigène. Il montra à son confrère
français des cicatrices de pustules existant sur
le cadavre, expliqua qu'il les perçait légèrement de la pointe d'une épingle et frottait
ensuite avec un chiffon de laine imbibé de jus
de tabac. Il ajouta que toujours il avait pris
la précaution d'avertir que c'était là un médi-
cament exclusivement d'usage externe, et qu'on
s'exposerait à plus de mal en en usant d'une
façon différente. L'aide-major approuvait entièrement cette médication. L'état d'amaigris-
sement du cadavre indiquait, à son avis, que la

mort avait été seulement avancée de quelques
heures. L'affaire n'eut aucune suite, et n'en comportait pas équitablement. Nous obtînmes à
grand'peine de l'Arabe la promesse qu'il ne fus-
tigerait pas ses filles, auxquelles il reprochait
de n'avoir pas attendu qu'il fût là pour recueil-
lir le dernier soupir de son enfant.

J'avais été frappé de l'extérieur digne du
tebib, de son attitude qui était vraiment celle
d'un médecin, et de la bonne impression qu'il
produisait sur notre docteur. L'idée que je
m'étais faite des médicastres arabes, sur leur
réputation, en recevait un ébranlement.

Quelques jours après, je vis un autre médecin
militaire renvoyer un indigène au tebib pour
se faire saigner à la tempe, genre d'opération
pratiqué avec succès dans les tribus, mais que
nos médecins ne font point. Presque au même
moment une personne de ma connaissance
fut guérie rapidement d'une luxation grave par
un rebouteur musulman. Ces praticiens
n'étaient donc pas aussi ignorants et malfai-
sants qu'on le disait. Je fis à leur sujet, pour
mon édification personnelle, une enquête qui
a duré plusieurs années. J'ai consulté des
personnages réputés pour leur savoir ou
occupant des situations élevées dans l'indigénat et des gens de la plèbe, des interprètes,
des officiers, des médecins et des savants

français, notamment M. le docteur Warnier,
l'homme le mieux instruit parmi les nôtres
des mœurs et usages des Musulmans algériens
et je suis un peu revenu de mes primitives
préventions.

Les Arabes ne sont pas des sauvages. Ils ont
sans doute des superstitions grossières exploi-
tées par des charlatans, mais chez eux ne s'im-
provise pas toujours médecin qui veut. Il n'y a,
au seuil de la carrière, ni examen probant, ni
épreuves éliminatoires, chacun peut en liberté
s'adonner à la profession de guérisseur, et la
crédulité publique se laisse facilement tromper. Mais les mœurs apportent des correctifs
à l'abus. Les fonctions thérapeutiques sont en
général exercées, soit par des individus qui
ont étudié dans des écoles musulmanes étrangères pourvues de chaires médicales, soit de
père en fils. Il en est de cet art comme du
maraboutisme, qui se transmet héréditaire-
ment. Il existe des familles de tebibs de même
que des familles de saints. On passe sa science
comme un secret familial, au parent le plus
rapproché, et l'on n'en tient pas d'autre enseignement. Les traditions de la médecine arabe
si célèbre au moyen âge, ont pu ainsi se per-
pétuer, souvent altérées et défigurées, mais
reconnaissables. Les indigènes aguerris par
leurs rudes habitudes contre les intempéries,

ne sont, ainsi que nos paysans, guère sujets aux maladies aigues. Mais la nature ne se laisse pas impunément braver. Elle prend tôt ou tard ses revanches, et les infirmités causées par l'incurie, la malpropreté, les privations, sont fréquentes chez eux. L'on constate, non seulement dans les douars, mais dans les quartiers indigènes des villes, de nombreux cas de fièvres, d'ophtalmies, de gale, de teigne (on trouve dans les tribus peut-être dix pour cent d'individus surnommés *el fertas* (le teigneux), et de rhumatismes. Il s'y produit également beaucoup de lésions traumatiques résultant d'exercices violents.

Pour tous ces maux, les tebibs ont des remèdes. Il est notoire qu'à l'occasion de certaines fractures du crâne, ils font des opérations de trépanation fort délicates, souvent suivies de réussite. Ils traitent les fièvres par les amers, les purgations et la diète ; ils ont des collyres pour les yeux, des onguents pour les maladies du derme ; pour les altérations internes, ils emploient les révulsifs, et ils sont les inventeurs du thapsia, qu'ils tirèrent d'une plante appelée dans leur diction pittoresque *bou lafra*, le père de la santé. Dans les affections névralgiques et rhumatismales, ils usent souvent de procédés d'hypnotisation. On trouve parmi eux des magnétiseurs doués d'une puis-

sance extraordinaire de suggestion. Avant que
je visse de mes propres yeux certains phénomènes, je n'en aurais pas cru le témoignage des
autres. J'en aurais traité le récit d'imposture.

Quelques-uns de ces opérateurs, en exécutant
leurs passes, prononcent des paroles que personne ne comprend autour d'eux et dont eux-
mêmes ne savent peut-être pas toujours le sens,
si elles en ont un. Le patient ne serait pas satisfait si le traitement omettait cette formule
magique, à laquelle il attribuera surtout son
soulagement ou sa guérison. La foi joue donc
un grand rôle dans la cure des indigènes.

Le tebib qui, à bout de ressources, délaye
dans le liquide qu'il fait avaler au malade,
un verset du Coran écrit sur un morceau de
papier, peut avoir lui-même confiance au
remède, mais il obéit surtout au vœu de ce
malade. Il n'y a pas si longtemps que, dans
certaines campagnes, des curés, en des cas
désespérés, ingurgitaient au moribond de petites images de la Vierge roulées en boulette.

On nous permettra de citer encore un
exemple de médications efficaces opérées par
les praticiens musulmans, et dont chez nous
les hommes de l'art ne se seraient point avisés.
Une des premières personnes de connaissance
que je rencontrai en Algérie fut l'aide-major
Delmas, mon ancien condisciple de collège.

C'était un caractère mélancolique, dont la tristesse habituelle s'aggravait des souffrances causées par une maladie de poitrine qui l'emporta vers la trentième année. Un jour, je le vis accourir en proie à une hilarité exubérante. Des accès de rire qu'il ne pouvait réprimer lui coupaient la parole. Enfin, il parvint à se dominer et me fit le récit suivant : « J'ai un compatriote périgourdin, valet de « ferme à Affreville. Ce pauvre garçon, qui « aimait beaucoup les figues de Barbarie en « avait mangé une quantité énorme, et il était « résulté de l'accumulation des pépins dans « ses intestins une obstruction complète. En « vain avais-je administré purgations et laxa- « tifs, rien ne servait. Je l'ai quitté hier mou- « rant et ne croyais pas le retrouver en vie ce « matin. Je me suis cependant rendu auprès « de lui avec de nouveaux remèdes. Je n'ai « plus besoin de vous, m'a-t-il dit, je suis « guéri, du moins c'est d'un autre mal que je « souffre, mais qui ne durera pas, et je ne « dois rien à vos médicaments. Hier, un Arabe « qui travaille avec moi à la ferme m'entendant « gémir, s'est informé de mon mal. Ce n'est « que ça, m'a-t-il dit, tu seras bientôt sur pied « si tu veux te laisser soigner par le tebib. Je « me serais donné au diable. On alla donc cher- « cher le médecin arabe. Celui-ci ne m'a pas

« donné de potion. Il m'a solidement attaché,
« chevilles et poignets joints, de sorte que je
« ne pouvais faire un mouvement, et il m'a
« ensuite couché par terre, sur le côté. Alors
« il a introduit quelques grains d'orge dans
« mon derrière et fait venir des poules. Elles
« se sont mises à picorer. De temps en temps
« on ajoutait un peu d'orge. Enfin, à force de
« piquer, les volailles ont entraîné les pépins et
« mon intestin s'est débourré. Mais j'ai le der-
« rière tout charcuté et en sang, et j'en souffre
« fort ». Le médecin français ne put que constater, et il se proposait d'adresser un article
à des journaux thérapeutiques.

Les indigènes commencent à avoir plus de
confiance en nos médecins qu'en leurs tebibs,
mais une des raisons qui les attachent à ces
praticiens, c'est le bon marché des soins. La
médecine Arabe est une fonction principalement de bienfaisance et de charité. Le tebib
reçoit des honoraires de ceux qui veulent bien
lui en donner, soit en argent, soit sous forme
d'objets de consommation ; mais il est, m'a-t-
on assuré, sans exemple qu'il en ait réclamé
en justice, et il considère comme un devoir
impérieux de sa conscience de soigner gra-
tuitement les pauvres. Sa religion lui fait une
obligation étroite de la charité profession-
nelle envers tous. Le Roumi qu'il tuera en

guerre, s'il le voit au bout de son fusil, il le pansera blessé. La médecine a donc moins le caractère d'une industrie que d'une mission bienfaitrice, et c'est là ce qui recommande particulièrement le tebib aux respects de l'indigénat.

Le général Chanzy a tenté d'établir un service régulier de médecins arabes, en parallélisme avec les médecins de colonisation. Il institua des officiers de santé musulmans, pris parmi des jeunes gens qui recevaient une instruction spéciale à l'Ecole supérieure de médecine d'Alger. Mais la courte durée de ces études, qui était d'une année au minimum, l'insuffisance de l'instruction générale antérieure des candidats, furent la pierre d'achoppement du système. Ces médecins furent considérés comme des ignorants par leurs coreligionnaires, qui se rendaient compte qu'en si peu de temps ils ne pouvaient acquérir des connaissances sérieuses, et n'allèrent point à eux. Ceux-ci, ne trouvant pas dès lors à gagner leur vie dans les tribus, désertèrent les postes qu'on leur avait assignés, et se transportèrent dans les villes, où ils cherchèrent à faire concurrence aux médecins locaux, en exerçant leur art au rabais, de sorte que la combinaison imaginée par le gouverneur général échoua complètement.

M. Cambon a repris sur de nouvelles bases
la conception de son prédécesseur. Une loi
de 1892 prévoit l'organisation d'un service
médical dans les tribus, et le législateur a
remis au Gouvernement le soin de la fixer au
moyen d'un réglement d'administration publique. Les candidats à la carrière seraient désignés parmi les jeunes indigènes justifiant déjà
d'études préliminaires suffisantes, et astreints
à des épreuves de capacité, après trois années
de préparation à l'Ecole supérieure de médecine d'Alger. Il y aurait là évidemment des
garanties qui manquaient jusqu'ici.

Pour assurer la permanence du service, on
fait de l'officiat de santé musulman une sorte
de prolongement de la médecine de colonisation, en élevant les titulaires au rang de fonctionnaires publics. Ils sont répartis en trois
classes, avec un traitement qui va de 2,000 à
3,000 francs, et nommés par le gouverneur
général, qui détermine les circonscriptions
dans lesquelles ils devront résider. Il est certain que le meilleur, et peut-être l'unique
moyen, de les attacher à leur poste, consiste
à les mettre à l'abri du besoin par l'attribution
d'appointements fixes, qui ne les empêche-
ront pas d'ailleurs de demander des honoraires
à la partie de leur clientèle en mesure de payer
leurs soins. Partout où ces praticiens seraient

13.

officiellement établis, le tebib ne pourrait plus
opérer, sans devenir passible de poursuites
pour exercice illégal de la médecine. Cependant l'administration tolérerait les matrones
arabes qui procèdent aux accouchements, et
elle ne ferait pas non plus obstacle à la pratique
de la circoncision par d'autres que les médecins officiels. Ce que peut valoir l'institution,
l'expérience le démontrera. Il ne faut pas
désespérer de ses résultats avant la mise en
application. Toutefois on se demande pour
quelle raison les Musulmans seraient-ils moins
favorablement traités que les Européens au
point de vue thérapeutique. Nous avons supprimé chez nous pour l'avenir les officiers de
santé. Pourquoi en établir dans les tribus, qui
seront probablement inférieurs à ceux dont
nous ne voulons plus pour nous-mêmes, et ne
ferait-on pas un meilleur usage des crédits
destinés à l'institution, en les employant à
rémunérer un plus grand nombre des médecins
de colonisation? On trouverait certainement
des sujets disposés à exercer dans le territoire
arabe.

Il ne faut pas se dissimuler que cette inégalité choquera les indigènes, qui y verront
moins le signe de notre sollicitude qu'une
marque de dédain pour leur infériorité. Rien
de plus humain que cette propension à regar-

der d'abord les choses par leurs côtés criti-
quables, et il serait injuste de la reprocher
trop amèrement à ceux qui ont eu quelquefois
des raisons de se considérer comme des oppri-
més. Auront-ils plus ou autant de confiance
en ces agents médicaux qu'en leurs tebibs? On
peut en douter. Mais ce qu'on sait bien, c'est
qu'ils accordent la leur à nos médecins français. En étendant dans les tribus le service de
la médecine de colonisation, nous montrerions
à l'indigénat un égal souci de ses intérêts et
des nôtres et comme il est sensible à tout procédé qui tend à le faire participer à nos propres avantages, peut-être conquerrions-nous
ainsi des titres à sa reconnaissance plutôt que
par des mesures de portée incomplète, d'op-
portunité douteuse et d'un succès problémaa-
tique. L'appareil n'est pas d'ailleurs prêt à
fonctionner de sitôt. Le personnel n'existe
point, et il faudra une longue préparation
pour le former. L'industrie des tebibs peut
donc tenir pour actuellement inoffensive cette
mise en demeure d'abandonner ses positions.

Il n'existe pas, avons-nous dit, de sages-
femmes chez les indigènes Musulmans, mais
des matrones en font office. Ces accoucheuses
n'ont subi aucune épreuve probatoire de capacité et exercent leur métier sans une autorisation préalable de l'Administration et par

une simple tolérance de police. Comme
d'ailleurs elles réclament rarement une rétri-
bution, tandis que la sage-femme française
reçue par un jury spécial ne saurait être aussi
désintéressée, les femmes Arabes ne s'adres-
sent jamais aux personnes sorties de nos
écoles de maternité. Les matrones musulmanes ne font pas que des accouchements ;
elles assistent, par leurs avis, le cadi chargé
de veiller sur une fille mariée avant sa puberté
et qui ne doit la livrer à l'époux que quand
elle est devenue nubile. Elles examinent le
sujet et s'assurent de son aptitude aux devoirs
conjugaux. Pour elles, dit-on, la menstruation
n'est pas un indice suffisant, et elles se déter-
minent par la constatation d'autres signes
corporels. Seulement quand le mâle est pressé
et peut payer leur complaisance, elles ont tôt
fait de lever l'interdit.

DÉBUTS. — TREMBLEMENT DE TERRE.
UN BIENFAIT N'EST JAMAIS PERDU.

I

Lorsque j'allai, en février 1861, prendre possession de mon poste de juge de paix à Milianah, après avoir prêté serment devant le tribunal civil de Blidah, je partis de cette ville charmante par la diligence qui desservait les correspondances entre Alger et Orléansville ; une lourde guimbarde peinte en jaune, traînée par six de ces chevaux d'apparence minable, mais vaillants, adroits, infatigables, avec lesquels on était assuré de ne jamais rester en détresse, comme il en fallait pour ce service toujours pénible et parfois périlleux. Il soufflait une aigre bise matinale, et un carreau de vitre du coupé était cassé.

Le voyageur qui avait pris place avant moi s'occupait à boucher la fente avec de la paille. En se retournant pour répondre à mon salut, il me montra un fin visage, encore jeune quoique encadré dans une barbe entièrement neigeuse et, à la vivacité aimable du regard, je reconnus le colonel Brincourt, du 1er zouaves, avec qui j'avais eu le plaisir de dîner l'avant-veille chez mon compatriote, le lieutenant-colonel Labrousse, du même régiment, mort depuis de la fièvre jaune, à la Vera-Cruz, lors de l'expédition du Mexique.

Mon compagnon de route se rendait à Cherchell pour visiter ses propriétés.

Sur le parcours se trouvaient nombre de localités notables pour des faits de guerre dont elles avaient été le théâtre.

Il me contait ces rencontres sanglantes, donnant parfois un souvenir à tel camarade qui s'y était distingué et n'oubliant que de mentionner la part qu'il y avait lui-même prise. Nous nous séparâmes au point de bifurcation, le village de la Bourkika, après un déjeuner mémorable par la composition du menu : soupe au sanglier, sanglier bouilli, grillé, rôti, hure de sanglier, nul autre plat, ni dessert, cette sauvagine arrosée cependant d'un assez estimable Bourgogne débouché en l'honneur du colonel. Je n'ai plus revu M. Brincourt, qui est devenu général de division, commandant de corps d'armée et appartient aujourd'hui au cadre de réserve.

L'imperfection et le mauvais état de la voie, diluée par les pluies d'hiver, allongeaient considérablement le voyage et, quoique la distance ne fût pas très grande, évaluée en kilomètres, nous n'arrivâmes qu'assez tard dans l'après-midi au col du Zacchar. Il y avait là une maison cantonnière devant laquelle nul véhicule ne passait sans s'arrêter. Le cantonnier ajoutait aux émoluments de son modeste emploi les profits d'un débit de liquides achalandé par les voyageurs et les troupes de passage, mais qui, à cause de son éloignement de toute agglomération n'avait pas de clientèle habituée. Les affaires n'en marchaient que mieux.

C'était précisément, selon l'expression consacrée en Algérie, l'heure de l'absinthe, et tout le monde descendit. Je n'ai jamais eu de goût pour cette liqueur corrosive, mais j'entrai tout de même afin de prendre un air de feu. Pendant que mes pieds se réchauffaient, je parcourais du regard les personnes, les meubles, les murs, et mes yeux s'arrêtèrent sur la cheminée, où je remarquai, au milieu de chandeliers, de fers à repasser et autres ustensiles, un petit objet en bronze qui ne me parut pas être là en digne place.

C'était une sculpture très artistique représentant la louve légendaire qui surmontait la hampe des étendards Romains, et évidemment un antique. La queue manquait, ainsi qu'une oreille, la cuisse droite était détériorée, et les maculatures terreuses indiquaient un long enfouissement, mais œuvre vivante d'attitude d'expression, et dans tous ses détails d'un travail achevé. Je la pris dans ma main, la soupesai, l'examinai sous toutes ses faces, et j'en fis compliment à l'hôte. « Cela me « vient, dit-il, d'un soldat de mon pays, mor « en guerre, qui l'avait trouvé en creusant un « conduit pour les eaux d'amenée de l'hôpital « d'Hammam-Righa, des amateurs ont voulu « me l'acheter, et je pouvais m'en défaire « avantageusement, mais je tiens à conserver « ce souvenir qui me reste d'un bon ami. »

Hammam-Righa, autrefois *Aquæ calidæ*, est un établissement thermal, aujourd'hui très fréquenté, et qui recevait alors presque exclusivement des malades militaires ou de l'ordre des fonctionnaires civils. Ses eaux salutaires guérissaient ou soulageaient les gens atteints d'affections rhumatismales,

avaient la vertu de cicatriser les plaies et
opéraient aussi très efficacement dans les
maladies de peau.

Il dut se livrer en ce lieu, aux temps anciens quelque rude bataille, car on a découvert de nombreux débris d'armes dans le sol.
La trouvaille du soldat appartenait, aux termes
de la législation algérienne, non à l'inventeur,
mais à l'État ; les particuliers s'étaient toutefois approprié, au su et au vu de l'administration des Domaines, tant d'objets provenant de fouilles, qu'il semblait tacitement
convenu de ne remettre à l'Etat que les sta-
tues, les bustes, les colonnes, enfin toutes
choses d'un caractère monumental destinées
à la décoration des places ou des édifices
publics. Je crois qu'il existe depuis quelques
années des pratiques plus sévères.

Nous entrâmes en ville à la nuit tombante,
et je remarquai une affluence autour de la voi
ture. Ce n'étaient pas des flâneurs oisifs, mais
un rassemblement de curieux, et cet empressement n'avait d'autre objectif que ma personne. Un juge de paix à compétence éten-
due est un magistrat investi d'attributions
considérables, qui tient une grande place
dans les localités, et rien de plus naturel que
cette impatience à se porter au-devant de lui,
surtout quand il vient directement de France

et que nul ne le connaît. Je fus donc dévisagé et toisé ; je n'affectai ni ennui de cet examen, ni complaisance à m'y prêter, et j'eus la satisfaction de constater une impression plutôt favorable en somme.

Je reçus de tous, population, armée, fonctionnaires, un accueil plein d'affabilité, et cette sympathie à laquelle je m'efforçai toujours de répondre, ne s'est pas démentie durant les quatre années que j'ai passées là-bas, et qui comptent parmi les meilleures de mon existence.

Mais j'y étais à peine depuis quelques jours que mes justiciables pensèrent bien m'avoir perdu. Une nuit du commencement de mars, je fus réveillé par un vacarme comparable au bruit de cent fourgons galopant sur le pavé, et ressentis en même temps des secousses qui me jetèrent presque hors du lit. La violence des oscillations mit en branle la cloche de l'horloge communale et renversa des meubles dans les maisons. Les murs de quelques-unes, entre autres de celle que j'habitais, s'écartèrent. *Kif el Reh* (comme le vent) disaient le lendemain les indigènes. Il n'y a pas d'ordinaire qu'une secousse unique, et la seconde, trouvant le sol déjà ébranlé, est la plus dangereuse. Pour la première fois, j'assistais à des phénomènes sismiques et j'igno-

rais cette particularité. Je ne savais pas davantage que les tremblements de terre sont
fréquents en Algérie, surtout dans cette région, et je me rendormis en une complète
sécurité d'âme, persuadé qu'il s'écoulerait
peut-être cinquante ans avant que de nouvelles perturbations se produisissent.

Mais les habitations s'étaient vidées parce
que, le sol s'entrouvrant rarement, on se sent
moins menacé au dehors que chez soi, où
l'on peut recevoir le plafond sur la tête et, au
matin, les fuyards hésitaient encore à rentrer.
Tout le monde s'était à un certain moment
rencontré sur la grande place ; seul j'y man-
quais, et l'on me crut écrasé sous mon toit
effondré. On ne se rassura qu'en voyant l'im-
meuble intact. Quand je parus, chacun s'exta-
sia sur mon mépris du danger, sur mon courage, qui n'était que de l'ignorance. Il eût été
ridicule d'accepter des éloges si peu mérités,
et je détrompai mes interlocuteurs.

Mais je retourne à mon sujet dont cette di-
gression m'a éloigné. Les gens changeaient
alors souvent de métier et de demeure et,
lorsque je revins, au bout de quelques mois,
à la maison cantonnière, j'y trouvai des visages
nouveaux. Un jour, passant par ces parages,
j'entendis des gémissements partis d'un fossé
de la route. Il y avait là un pauvre diable cou-

ché dans la boue, en proie à un accès de fièvre terrible. Nous étions près du village de Vesoul-Bénian, où il me dit habiter. Je fis alors ce qu'aucun Algérien n'a jamais en pareil cas refusé à son semblable. Je le hissai sur mon cheval et l'accompagnai jusque sur sa porte. Deux ans après, à la veille de rejoindre un nouveau poste, j'allai faire une visite d'adieux au maire de Vesoul qui était de mes amis.

Le bruit de mon départ prochain s'était répandu, et plusieurs personnes vinrent me serrer la main. Le dernier qui se présenta me remit un petit objet, assez lourd, pour son volume, enveloppé et ficelé dans un journal. « Je vous prie, me dit-il, d'accepter ce qui est « là-dedans, c'est pour vous rappeler une « bonne action. » C'était l'homme du fossé et l'ancien cantonnier et cantinier du col du Zacchar, et l'on devine ce qu'il m'apportait. Le maire m'empêcha de faire trop de façons. A mon premier voyage en France, je montrai le bronze à des experts qui me confirmèrent tous son authentique antiquité. Je fus heureux de l'offrir, à mon tour, à un illustre maréchal, mon compatriote, qui m'avait été bienveillant et serviable.

La justice de paix de Milianah était sise en
une maison isolée, à une extrémité de la ville,
près des remparts. C'était un bâtiment oblong,
occupant une assez vaste superficie, muni de
fermetures extérieures solides, mais où, à l'intérieur, aucune serrure ne tenait. On pouvait,
en s'introduisant au moyen d'escalade par une
lucarne, pénétrer dans la partie opposée à
celle que j'habitais avec ma famille, et de là
s'introduire jusqu'aux appartements, sans rencontrer la résistance d'une porte. J'avais beau
demander les réparations indispensables, le
propriétaire faisait sourde oreille.

Cette situation n'était pas sans me préoc-
cuper, car j'avais souvent à effectuer des

transports judiciaires qui m'obligeaient à
découcher.

Mon chaouch logeait en ville, et je ne pouvais demander à un jeune marié arabe de nous
faire le sacrifice de ses nuits. Ce brave garçon, nommé Hadj-ben-Taïeb-ben-Cherchali,
m'était tout dévoué, et il s'inquiétait des dan-
gers que les miens pouvaient courir en mon
absence. Il avait envoyé quelquefois son père
et son frère coucher à la justice de paix, mais
l'un était un vieillard à demi-aveugle, l'autre à
peine un adolescent, en somme tous deux de
faible défense.

Un jour il vint vers moi avec un visage
rayonnant. « Je t'ai trouvé un gardien, dont je
« te garantis l'honnêteté et la fidélité. » Derrière lui marchait un arabe couvert de hail-
lons, jeune, trapu, vigoureux, un teint vert-de-
gris, laid comme un pou, mais une paire
d'yeux étincelants et hypnotisants, qui firent
la conquête d'une jeune veuve française,
emballée jusqu'au mariage, que célébra le
Cadi, après le refus, motivé sur je ne sais plus
quelle raison, qu'avait opposé notre officier de
l'état civil.

Mais Kaddour-bel-Aïd n'avait pas encore
captivé le cœur de cet inflammable tendron, et
il exerçait pour le moment l'humble métier de
toucheur de bœufs. Son gourbi venait de brû-

ler, et il se trouvait sans gîte. Je mis à sa disposition pour la nuit un petit local servant à
abriter les témoins, situé précisément au point
vulnérable de mon domicile. Bien m'en valut
de cette hospitalité pourtant intéressée.

Une nuit où la pluie et le vent faisaient rage,
Kaddour entendit un bruit de petites pierres
lancées contre la vitre de la lucarne, au-dessus de la natte où il couchait ; il ne bougea
pas, mais il se mit aux écoutes. D'autres
pierres suivirent, enfin un frottement se fit
contre le mur et une ombre parut au soupi-
rail. A la lueur d'un éclair, Kaddour reconnut
un Espagnol qui avait récemment perdu son
procès et s'était retiré en proférant des
menaces.

C'était un homme connu et redouté pour sa
méchanceté et sa violence, que je vois encore
avec sa tête de loup, ses incisives acérées et
ses interminables jambes de lévrier.

Mais le même éclair qui l'avait trahi lui
avait montré que la place n'était pas sans
défenseur, et il s'empressa de détaler. Kaddour sortit, armé de sa matraque en bois
d'olivier, instrument terrible aux mains des
indigènes. Au dehors, il se rencontra en face
d'un autre Espagnol, également plaideur malheureux, familier du premier et compromis
déjà avec lui dans d'autres affaires. Celui-ci

avait un couteau ouvert et une pierre énorme
à ses pieds, mais, pas plus que son compagnon,
il ne se soucia d'affronter le bâton de l'arabe,
qu'on savait fort, courageux et adroit.

Kaddour réveilla un Kaouadgi du voisinage,
et tous deux constatèrent que l'escalade avait
été pratiquée, à l'aide d'une roue de charrette
appliquée contre le mur. La police établit le
lendemain qu'aucun des deux Espagnols
n'avait passé la nuit chez lui, et que les pantalons de l'auteur de l'escalade étaient déchirés
au genou. L'affaire n'eut pas de suites à cause
de l'insuffisance d'éléments caractéristiques
d'un délit déterminé ; mais les deux gredins,
depuis en défiance à tous, et étroitement sur-
veillés par la police, ne tardèrent pas à quitter le pays. On sut aussi, dans le public, que la
Justice de Paix était bien gardée, et il ne se
produisit plus de tentative hostile.

UN SINGULIER TÉMOIGNAGE
DE GRATITUDE

I

Nous étions allés, à trois ou quatre, parmi lesquels le lieutenant Patry, depuis retraité comme colonel, au marché des Djendell, où je voulais acheter un cheval. Mon emplette effectuée, je me disposais à prendre gîte au vaste caravansérail édifié par le Génie militaire, lorsque Lakdar ben Chérifa, le fils aîné du Bach Agha Bou-Alem, vint nous offrir l'hospitalité.

Il nous fit visiter le manoir paternel, un palais mauresque avec des bassins de marbre, des colonnettes délicatement travaillées, de fines boiseries, de splendides tentures orien-

14

tales ; mais nous fûmes hébergés dans la maison des hôtes, un bâtiment séparé dont l'étiquette indique suffisamment la destination.

Après un souper égayé de Bordeaux et de Champagne, on dressa sur une estrade nos lits de repos consistant en matelas et coussins posés sur des tapis, on nous pourvut de couvertures, et l'aimable amphytrion se retira, en ordonnant de placer en travers du seuil, au dehors, un de ses serviteurs qui serait chargé de veiller à notre sécurité, aucunement menacée d'ailleurs. Nul n'en était aussi persuadé que celui qui devait répondre de nos têtes, et cette confiance faillit lui devenir fatale.

Nous avions absorbé force tasses d'un café très aromatisé, et le sommeil ne venait pas vite. Il n'en était pas de même de notre factionnaire, qui ronflait comme une contrebasse. Soudain la porte, qui était mal jointe, cède sous une vive poussée, et patatras ! voilà la vaisselle qui dégringole. Qui donc pouvait s'être ainsi introduit et avoir buté contre la table encore chargée de verres et d'assiettes ? Ce ne pouvait être quelqu'un de la maison ; il aurait évité l'obstacle. — Qui va là ? — Pas de réponse. Cependant notre oreille a perçu un bruit discret, à peine accessible, comme d'un

pas léger, trop léger pour un pied d'homme?
Que signifie ce mystère et quelle aventure
nous attend ? D'où vient ce pas presque aérien ?
Est-ce une femme qui a marché ?

Enfin l'un de nous parvient à retrouver la
bougie, et tout s'explique. Des sloughis du
maître, attirés par les reliefs de nos victuailles,
avaient bondi, par dessus le corps de la sentinelle, contre la porte qui s'était ouverte, et
brisé, en cherchant leur pitance, les porce-
laines et les cristaux.

Lorsqu'on en fit le récit à Lakdar, le lendemain matin, ses sourcils se rapprochèrent en
un circonflexe orageux, et interpellant le peu
vigilant gardien, qui était là, assis par terre,
décontenancé, tout penaud, la tête basse, il le
saisit à la gorge et le terrassa.

« Tu veux donc déshonorer notre maison,
« que mes hôtes puissent ne pas s'y croire en
« sûreté? Des malfaiteurs auraient pu tout
« aussi bien entrer, les voler et les assas-
« siner. »

Puis se tournant vers un mulâtre gigan-
tesque, à face doguine, l'œil injecté, de charpente et de musculature herculéennes, tout à
fait le type du bourreau marocain d'Henri
Regnault : « Applique à ce chien une bastonnade jusqu'à ce que tu aies les bras
fatigués. »

L'infortuné Ahmed se résignait à subir son supplice sans murmurer. Il ne jeta pas même de notre côté un regard de prière. Cette soumission nous toucha autant que nous alarmait la mine sinistre du fustigateur.

Je me permis alors d'intervenir; je dis à Lakdar que je ne supporterais pas une pareille exécution, que, si elle avait lieu hors de ma présence, je regretterais son hospitalité, et je le conjurai, au nom de notre amitié, de faire grâce. J'obtins le pardon du condamné, et je repartis bien tranquille, sachant que les Arabes n'ont qu'une parole, à laquelle ils se montrent même plus fidèles qu'aux écrits, ce qui ne doit pas surprendre dans une société où la masse, dont les habitudes font loi partout, est totalement illettrée. Je crois, du reste, que Lakdar, qui était un civilisé, ne me sut point mauvais gré d'avoir arraché cette victime au tortionnaire, et épargné peut-être à sa conscience un remords.

Le vendredi suivant, qui était le jour du marché de la ville, Ahmed monta à Milianah, et il vint me remercier. C'était aussi jour d'audience, et elle allait s'ouvrir. Il eut la curiosité d'y assister. Parmi les plaideurs, se trouvait un boucher, qui perdit son procès. C'était un individu fort emporté, grossier, arrogant et intéressé. Il ne se soumit pas

volontiers à la sentence ; il injuria son adversaire, les témoins et le juge. Je dus le condamner pour délit d'audience et le faire expul-
ser du prétoire. Il continua son tapage au
dehors, faisant scandale public, ce qui lui
valut d'être mis à la geôle municipale.

Le lendemain, il se représenta tout désolé,
avec sa femme en pleurs, m'exprimant son
repentir et demandant pardon. Ce n'était ni
un malhonnête, ni un méchant homme, il avait
une famille nombreuse qu'il faisait vivre de
son travail et il menait parfois une existence
dure ; sur sa promesse d'être plus calme à
l'avenir, je me montrai bon prince, et je ne fis
pas coucher le jugement.

Une quinzaine de jours après cet incident,
je vis revenir Ahmed. Il demanda à me parler
en secret, ne voulant pour sa communication
d'autre interprète que mon Chaouch.

« Prends garde au boucher, me dit-il, je l'ai
« vu lancer des pierres contre ta maison et la
« menacer du poing. Il veut te tuer. Mais tu
« m'as sauvé la vie, et je veux sauver la tienne.
« Tu n'as qu'à parler, et il est mort. Il vient
« tous les mercredis à notre marché, je sais
« un endroit où l'atteindre, et je jetterai son
« corps dans un trou où personne n'ira le
« repêcher. » J'eus grand'peine à lui faire
entendre ce qu'avait d'insolite et d'inaccep-

sa proposition et à l'en détourner. Il céda,
mais sans conviction et, en se retirant, il
me dit : « Tu as tort ; il est toujours pru-
« dent, quand on peut, de se défaire d'un
« ennemi. »

CÉDILLES MAL PLACÉES

Un petit capitaliste, affligé du nom de Cucu avait prêté 200 fr. à son camarade A…, sacristain de la paroisse. Le créancier avait exigé un billet à ordre qu'il négocia. Lorsque l'effet fut présenté au paiement, le souscripteur opposa une quittance signée du créancier et qu'il disait écrite en entier de la main de celui-ci. Cucu déposa une plainte pour faux. A…, interrogé, répondit avec beaucoup de flegme que son prêteur, pressé d'argent, était venu réclamer le remboursement avant terme, apportant un reçu tout libellé et signé qu'il avait laissé à son débiteur, après versement des fonds. Pourquoi A… n'avait-il point exigé la remise du titre ? L'inculpé disait s'être contenté de la promesse qu'on le lui rapporterait le lendemain, ajoutant qu'au surplus il n'avait pas jugé utile d'insister pour cette restitution, se considérant comme suffisamment couvert par la quittance.

Il s'exprimait avec une si imperturbable tranquillité, et l'écriture et la signature de Cucu étaient si parfaitement imitées, que le créancier, tout abasourdi de tant d'aplomb commençait à se troubler. Un professeur de calligraphie, que l'on désignait quelquefois comme expert, semblait, en comparant l'écriture de Cucu à celle du reçu, incliner à admettre la sincérité de cette pièce. Mais cette circonstance, si fâcheuse pour le plaignant, loin de l'ébranler, l'excita comme un coup de fouet ; il se rebiffa, protesta et demanda, fût-ce à ses frais avancés, une vérification d'écritures faite par un expert de Paris.

J'avais remarqué que A... prononçait toujours Çuçu. Cette persistance à défigurer le nom de son adversaire m'intriguait et m'agaçait, et je lui en demandai le motif. Cet individu avait la tête pointue, le regard fuyant, il s'exaltait en parlant et faisait de fréquents signes de croix. C'était ou un fort comédien, ou un déséquilibré, un de ces incomplets pour lesquels la formule de *responsabilité limitée*, si elle signifie quelque chose, semble avoir été inventée. Peut-être y avait-il en lui de l'un et de l'autre.

Il répondit, de plein sang-froid, que le nom du plaignant, éveillant des idées obscènes, offensantes pour la pudeur, il croirait commettre un péché en le prononçant conformément à son orthographe. L'idée me vint alors de le lui faire écrire. Il n'hésita pas à écrire, comme il disait : Çuçu. Quelquefois il arrive que les choses passent et repassent sous vos yeux, et que vous vous obstinez inconsciemment à les voir telles qu'elles devraient être, non comme elles sont. Il me fallut cette expérience pour m'apercevoir que la signature du billet argué de faux portait deux cédilles. Ni l'auteur de la dénonciation, ni le calligraphe, ni mon greffier n'y avaient plus que moi pris garde. Cette découverte tardive fut un trait de lumière. L'inculpé perdit dès ce moment toute son assurance, il se mit à balbutier et il finit, je crois, par avouer. En tout cas sa culpabilité ne fit pas de doute pour ses juges qui, sans exiger une expertise, le condamnèrent.

OU LE MAGISTRAT
EST SOUS LA GARDE DE L'INCULPÉ

Je revenais de Duperré, où j'avais procédé à une information à l'occasion d'un assassinat commis au caravansérail d'Aïn-Defla, lorsque, en passant au ras de la ferme R..., je fus appelé à constater la tentative d'un crime analogue exécuté dans la soirée de la veille. Le fermier M..., fumait tranquillement sa pipe sur une chaise adossée au mur, à l'extérieur de la maison d'habitation, quand une détonation d'arme à feu retentit à ses oreilles, et des débris de mortier tombèrent sur ses genoux. Une balle avait éraflé le mur, à quelques centimètres au-dessus de sa tête, mais sans l'atteindre. La trace du projectile était parfaitement visible, M... avait vu un Arabe s'enfuir. Le malfaiteur avait promptement disparu et,

comme la nuit allait tomber, M..., se méfiant
d'une embuscade, s'étai t hâté de rentrer, au
lieu de le poursuivre. M... ne savait sur qui
porter ses soupçons, il vivait en assez bon
voisinage avec les indigènes des alentours,
et ne se connaissait pas d'ennemi parmi eux.
Cependant il avait eu, au sujet des eaux d'arrosage, une discussion avec un propriétaire
confrontant, nommé, si je ne me trompe,
Tahar-ben-Ali. Cet indigène lui avait dit, en
mettant la main à la barbe, ce qui est un geste
de menace chez les Arabes : « Tu me fais tort,
tu t'en repentiras ». L'assassin pouvait être
Tahar. Toutefois le fuyard ne répondait que
par la taille au signalement de celui-ci, il
paraissait plus maigre et ·plus jeune, et ne
portait qu'un burnous blanc, contrairement à
l'usage de Tahar, qui, sur son burnous blanc,
en avait toujours un noir ; il s'agissait de retrouver Tahar, dont le douar était à une petite
distance. Or, quand nous allâmes chez cet
indigène, il était absent. Ses voisins nous
dirent tous qu'il était parti depuis la veille,
c'est-à-dire le jour de la tentative criminelle,
dans la matinée, mais ils variaient sur la direction qu'il avait prise. Selon les uns, il était
monté à Milianah, suivant d'autres, il avait
pris du côté d'Orléansville, ou même de
Téniet-el-Hâd. Tahar était un homme riche, il

avait trois femmes. Les deux plus récemment
épousées, répondirent que leur seigneur et
maître ne leur faisait pas confidence de ses
projets et qu'elles ne savaient rien. La plus
vieille, celle qui a en général la confiance, nous
dit qu'il était allé pour ses affaires à Milianah,
où il passerait deux ou trois jours. Une per-
quisition fut opérée. Elle amena la découverte
de deux pistolets, d'un fusil chargés depuis
longtemps, et de sabres. Tous affirmèrent que
Tahar ne possédait pas d'autres armes. Nous
dûmes borner là pour le moment nos investigations, je renvoyai les gendarmes qui
emmenaient l'inculpé du crime d'Aïn-Defla
(source des lauriers-roses), puis je me mis à
mon tour en route avec le commis-greffier et
l'interprète. En passant par le village de Lava-
rande, nous nous arrêtâmes à une auberge
tenue par un ancien soldat, nommé Joly, qui
était en même temps facteur rural, dont la
femme possédait un talent culinaire très distingué. Mes compagnons y rencontrèrent des
amis; les casseroles dégageaient un fumet
alléchant. C'étaient des célibataires, que personne n'attendait chez eux; ils me demandèrent la permission de rester pour dîner.

Je continuai donc seul; je pris un chemin
de traverse très fréquenté, qui faisait gagner
quelques kilomètres. C'était un sentier très

âpre, étroit à ne pas permettre à deux cavaliers de marcher de front; à droite des escar-
pements boisés, à gauche un précipice à pic.
Le crépuscule est très court et la nuit me
surprit presqu'aussitôt, une nuit limpide,
éclairée par le croissant. Je cheminais soli-
tairement et j'étais arrivé à moitié du sentier,
surpris de n'avoir encore rencontré personne,
lorsque, à un détour, mon cheval fit un
mouvement brusque. Au même moment parut
devant moi un indigène vêtu d'un burnous
noir sur un blanc, et à la clarté lunaire, qui
frappait en plein son visage, je reconnus
Tahar ben-Ali.

« Où vas-tu si tard, tout seul, juge de paix ?
« Ne crains-tu pas de mauvaises rencontres ?
« Je t'accompagnerai, si tu veux, jusqu'aux
« premières maisons et même plus loin. — J'ai
« un revolver dans ma poche (ce qui n'était
« pas vrai, je n'avais d'autre arme que ma cra-
« vache plombée), mais j'accepte tout de même
« ton offre. Passe devant. »
Tahar ne se le fit pas répéter. Il rebroussa,
me précédant silencieusement. Quand nous
fûmes arrivés en face d'un café maure situé au
bas du quartier Zougala, et avant de faire
l'ascension des cinq ou six kilomètres de côte,
au milieu des jardins, qui me restaient à parcourir, Tahar me demanda s'il devait me

15

suivre encore. « Oui, viens jusqu'à Milianah,
« j'ai besoin de toi aujourd'hui même. »

Docilement il se remit en marche. Je le connaissais pour un homme tranquille, estimé, et
il m'était fort difficile d'admettre sa culpabilité
sur les indices si légers que j'avais recueillis.
La façon dont il se comportait vis-à-vis de moi
n'était pas pour me donner des soupçons. Je
résolus de l'interroger en cheminant, mais il
me parut préférable de ne pas aborder ce sujet
directement, et j'engageai ainsi la conversation : « Tu as un cheval dont tu te sers habi-
« tuellement. Pourquoi voyages-tu à pied au-
« jourd'hui? — Mon cheval est tombé fourbu.
« Tu aurais pu le voir attaché au milieu du
« Chéliff, dans l'eau jusqu'au ventre. Mais,
« obligé d'aller à pied, j'ai pris mon temps.
« J'ai fait hier les six lieues qui sont entre mon
« douar et la ville, et aujourd'hui je revenais.
« — Et qu'est-ce qui t'appelait à Milianah? A
« quel moment es-tu parti? A quelle heure es-
« tu arrivé? Peux-tu me donner l'emploi de ton
« temps hier? — Oui, si ça t'intéresse. Je suis
« parti de bonne heure. Je m'étais disputé avec
« M... à propos de notre arrosage. L'eau nous
« est très précieuse en ce moment, et je croyais
« qu'il m'avait pris mon tour. Je voulais m'in-
« former exactement des heures à la sous-pré-
« fecture, et je me suis convaincu qu'en effet,

« j'avais raison. J'ai profité de mon séjour à la
« ville pour m'occuper de quelques affaires.
« j'ai vu tels et tels (et il me désigna plusieurs
« personnes, des Européens, des Israélites et
« des Arabes). Je suis allé vers quatre heures
« au greffe de la Justice de paix pour lever un
« jugement. Le soir, je me suis rendu au café
« maure de ton voisin Ahmed-ben-Djennadi,
« où se trouvaient beaucoup de gens attirés par
« des danseuses des Ouled-Naïl, et j'y ai cou-
« ché. » Ce récit était fait avec une précision et
d'un ton de sincérité qui ne pouvaient que
me confirmer dans mes présomptions favo-
rables.

Parmi les personnes indiquées par Tahar,
il s'en trouvait sur le témoignage de qui je
pouvais absolument me reposer, et d'ailleurs
le fait de son passage au greffe, deux heures
environ avant la tentative criminelle, suffisait
à établir d'une manière péremptoire son alibi.

Néanmoins je ne lui fis pas connaître encore
l'inculpation dont il était l'objet, et comme
les Arabes se piquent de discrétion, qualité
qu'ils tiennent à l'égal d'une vertu, il ne m'a-
dressa de son côté, aucune question.

Nous arrivâmes. Mon chaouch venait de se
retirer pensant que je ne rentrerais pas avant
le lendemain. Pendant que je dînais, Tahar
bouchonna et pansa mon cheval, et prépara sa

litière. Quand ce fut fini, il vint me demander
ce qu'il avait encore à faire. « Va-t-en, lui dis-
« je, chez le commissaire de police, et prie-le
« de ma part, de te donner l'hospitalité pour
« la nuit. » Il sortit.

Au bout de dix minutes, la sonnette de ma
porte s'agita violemment. C'était Tahar qui
revenait accompagné de l'agent indigène. « Le
« commissaire de police ne comprend pas
« pourquoi je suis allé le déranger. Il m'a
« demandé si j'étais *maboul* (fou), et il ne veut
« pas me recevoir sans *carta* (écrit). » J'expli-
quai en peu de mots la situation à l'agent, et
ils s'en retournèrent. Le lendemain l'alibi de
Tahar fut prouvé par les dépositions de tous
les témoins. Il connut alors seulement le soupçon porté contre lui, mais je me gardai de lui
dire de qui émanait l'imputation. Je me bornai
à lui faire entendre qu'après avoir proféré, en
prenant sa barbe, des paroles menaçantes
contre le colon, il s'exposait naturellement à
être tout d'abord suspecté.

« J'ai peut-être été imprudent, répondit-il.
« Je voulais simplement signifier à M..., à qui
« j'avais rendu plus d'un service de bon voi-
« sin, qu'il ne devrait plus compter sur ma
« complaisance. Au surplus, il y a en ce mo-
« ment de nos côtés une saya (bande de bri-
« gands). qui parcourt le pays, volant bœufs,

« moutons et chevaux. Tout récemment des
« marchands juifs ont été (ce qui était exact),
« dévalisés et maltraités. Peut-être celui qui a
« tiré le coup de pistolet était-il de la bande ?
« Les colons de notre proximité vivent en paix
« avec les gens de mon douar, et comme nous
« avons chaque jour besoin les uns des autres,
« ce n'est pas chez nous qu'ils trouveront des
« assassins. Ils savent au contraire que, s'ils
« étaient attaqués, nous les défendrions, et
« nous en avons secouru plus d'un. Demande
« à M. ... qui préserva sa meule de l'incendie,
« l'été dernier ; il te dira que c'est moi. »

Si le fait m'a paru mériter d'être rapporté,
ce n'est pas que, malgré quelques incidents
pittoresques, il offre beaucoup d'intérêt par
lui-même ; mais il permet d'apprécier par certains côtés la nature des sentiments récipro-
ques de nos colons et des indigènes, et de se
rendre compte que, sur le terrain des intérêts
matériels, il n'existe pas entre les deux races
des dissidences fondamentales qui les rendent
irréconciliables.

Voilà un Arabe qui croit avoir à se plaindre
d'un colon. Il commence par se fâcher, mais
ne passe pas à des voies de fait, et il va se
renseigner sur son droit auprès de l'administration. Il rapporte à son adversaire la preuve
que celui-ci était dans son tort, et ils se repa-

trient. Je dois ajouter que M... restitua l'eau
indûment prise, et que les deux voisins vécu-
rent depuis dans les meilleurs termes, comme
par le passé. On penserait peut-être que le
juge de paix commettait une imprudence, en
voyageant seul, à une heure nocturne, par des
sentiers perdus, en pays conquis. Jamais la
crainte d'un danger dans ces circonstances ne
m'est venue. Les magistrats français ont toujours joui d'une immunité complète, et je ne
sache pas qu'à cette époque surtout, il se soit
produit contre leurs personnes des actes
d'agression de la part des indigènes.

ADMIRABLE ET SUBLIME

I

Je n'ai guère fait que vingt-cinq traversées,
soit en haute mer, d'un continent à l'autre,
soit côtières, sur le littoral Algérien, mais par
tous les temps de la Méditerranée, la houle
plus souvent que la mer d'huile, et il me reste
de ces voyages deux souvenirs qui se sont
particulièrement gravés dans mon esprit, parce qu'ils montrent de beaux côtés de la nature
humaine.

Le soir du 1er janvier 1865, je m'embarquai
d'Alger pour Oran sur la *Gorgone*, une cor-
vette de la marine militaire, chargée alors du
service de la côte, qui a péri depuis sur les

récifs d'Ouessant. Après une nuit et une matinée médiocres, le temps se gâta tout-à-fait. un fort vent du large se mit à souffler, nous poussant vers la terre qu'il fallait tenir à distance, et nous passâmes quelques heures critiques, durant lesquelles le commandant du bord, M. le capitaine de frégate Mourier, présida constamment à la manœuvre.

Le calme revenu, nous étions réunis pour le thé autour de sa table, les impressions s'échangeaient entre passagers, l'un d'eux fit le récit d'un naufrage auquel il avait échappé, et la conversation roula sur les aventures de mer et les actes d'héroïsme des marins. Un des officiers du bord y apporta sa contribution. « Un navire marchand anglais, nous dit-il, « transportait en Amérique des émigrants « Européens de nationalités diverses, dont « deux Français, un gentilhomme décavé et un « coiffeur bordelais, qui allaient l'un et l'autre « chercher fortune. Dans l'archipel de Bahama « le bateau donna contre des rochers ; la « coque fut défoncée et l'eau envahit par la « brèche. L'équipage détacha aussitôt toutes « les embarcations, et comme on avoisinait la « terre et que les lames n'étaient pas trop « dures le sauvetage n'offrait point de difficul- « tés insurmontables. Au milieu des prépara- « tifs de fuite, nos deux compatriotes quit-

« tèrent un instant le pont encombré par les
« gens affolés et se réfugièrent dans le rouf.
« Le coiffeur s'y étendit tranquillement sur un
« canapé. Au moment où il leur devint pos-
« sible de prendre place dans un canot, son
« compagnon l'avertit, mais l'autre refusa de
« le suivre. « Je suis fatigué, lui dit-il, de cou-
« rir le monde avec la déveine au derrière, et
« je ne veux pas m'ôter de dessus ce meuble,
« où je me trouve très bien. Mais deux Fran-
« çais ne peuvent pas se séparer ainsi, sans
« boire à la France. Il y a là un buffet vitré
« rempli de bouteilles de liqueurs, prenez-en
« une et dépêchons-nous de trinquer. » Le camarade prend une bouteille ; mais elle n'était
pas entamée, il n'avait pas de tire-bouchon
sous la main, et il se mit à taper le fond contre
le bois de la paroi.

« — Prenez donc garde, s'écria le coiffeur,
« en lui saisissant le bras, vous allez salir les
« peintures. »

« Puis il donna une poignée de main à son
« compatriote et, n'écoutant aucune prière, il
« se recoucha pour attendre la mort. Il fut le
« seul qui périt.

« Je tiens, ajouta l'officier, le fait du survi-
« vant des deux Français, que j'ai rencontré
« au Brésil. »

N'est-ce pas là un trait vraiment admirable
15.

de courage, et citerait-on beaucoup d'exemples d'un tel sang-froid et d'un si gai mépris de la mort ? Combien il est regrettable que de pareils dons d'énergie, au lieu de s'employer avec utilité aux besoins de la vie, n'aient servi qu'à honorer stérilement la fin de celui qui les possédait !

II

Ces termes d'admirable et de sublime expriment des choses qui s'avoisinent, mais ne sont pas absolument les mêmes. On le sent mieux qu'on ne pourrait le définir, et cela se comprend surtout par des exemples.

Je partis de Marseille un jour du commencement de novembre sur un bateau d'une compagnie qui alternait pour le service du courrier avec celle des Messageries impériales. Comme je mettais le pied sur le pont, nous vîmes un rat sauter sur la passerelle et gagner le quai. « Mauvais signe, dirent des « matelots occupés à charger des bagages ; « nous aurons un petit coup de vent des tré- « passés qui nous promet une valse soignée « pour cette nuit. »

En dépit de ces sinistres pronostics, nous jouîmes durant vingt-quatre heures d'un calme approximatif. Cependant le commandant éprouvait une préoccupation visible, son œil interrogeait alternativement le ciel et le baromètre avec une expression soucieuse que remarquèrent les personnes qui avaient entendu le propos des matelots. C'était un capitaine au long cours, vieux loup de mer, noir comme une taupe, aussi large que long, taillé à coups de serpe, mais bâti en force, au total, du plus vulgaire aspect. Grognon et maussade, si vous vous trouviez sur ses pas, il vous bousculait sans jamais s'excuser, et même quelquefois en vous rabrouant. Malgré tout, d'un ensemble plutôt sympathique, grâce à la franchise du regard, à un bon sourire et à la douceur mâle du son de voix.

Nous étions, au soleil couchant, entre les Baléares et l'Espagne, plus près de la péninsule dont on apercevait quelques cimes de montagnes. La brise qui fraîchissait progressivement tourna en vent d'orage, le flot se gonfla, se démonta et le navire perdit son équilibre.

« Dans les cabines tous ceux qui ne sont pas marins ! »

Cet ordre du capitaine s'exécuta promptement. J'étais des derniers à descendre et je pus remarquer que l'officier de quart se faisait attacher sur son banc. Je reçus au même instant un paquet de mer qui me renversa sur un prélart, et je rejoignis en titubant ma couchette. Quelques passagers restés debout montaient de temps à autre jusqu'au plus haut degré de l'escalier et revenaient tout inondés, rapportant de mauvaises nouvelles. Nous roulions et tanguions horriblement entre deux montagnes bouillonnantes, le navire couché, tantôt sur un flanc, tantôt sur l'autre, une seule roue battant l'eau. Tous les ais de la charpente craquaient et parfois nous entendions comme un bruit d'écroulement. Les feux de la machine s'éteignirent, des mâts cassèrent. Il devenait évident pour tous que nous étions en péril, peut-être perdus. Ceux qui avaient la force de se lever se jetèrent en bas de leurs lits, et on s'arracha les ceintures de sauvetage. Je dois dire que les gens de service ne nous les disputèrent point; ils firent au contraire preuve d'une entière abnégation personnelle.

Tout-à-coup le commandant parait sur la porte du salon des premières : « Mes enfants, « je crois que nous sommes flambés. Il faut se « recommander à Dieu. Garçons, allez chercher « le prêtre qui a pris passage. » Sur l'observation qu'on lui fit que cet ecclésiastique était malade à ne pouvoir remuer : « Eh bien ! c'est

« moi qui vais le remplacer », et il commença
l'oraison dominicale. Quelques personnes
étaient restées couvertes. « Chapeau bas,
« s. n. d. D., et à genoux, et *motus* les
« femmes ! » Il y avait tant d'autorité dans son
accent et dans son geste que tous obéirent. Il
récita le *Pater*, puis l'*Ave Maria*, dans une
langue incompréhensible, mais que Dieu
entendit. Et quand il eut fini : « Maintenant,
enfants, cria-t-il d'une voix qui « dominait la
tempête, à la manœuvre ! » Ce fut sublime.
Sous ses cheveux ruisselants d'écume, son
œil avait le regard assuré d'un Dieu ; il était
transfiguré. il me parut haut de dix coudées.
Nous étions tous électrisés. L'espérance rentra soudainement dans les cœurs. La manœuvre recommença ; peu à peu le flot s'affaissa, les feux se rallumèrent, le navire reprit
de l'aplomb, et le surlendemain de grand
matin nous abordions sains et saufs à Mers-
el-Kébir.

Mon premier soin, après avoir remisé mes
bagages à Oran et fait un bout de toilette qui
me rendit présentable, fut d'aller, avec quelques compagnons de voyage, remercier notre
sauveur. Il faisait sa barbe, mais nous reçut
tout de même. Du sublime au ridicule il n'y a,
dit-on, qu'un pas, et le héros de la veille était
tout défiguré et méconnaissable dans ce pous-

sah grotesque, à la large face ensavonnée,
avec une serviette pendante sous le cou. Nous
voulions l'emmener dîner, il déclina l'invitation, devant passer la journée chez un parent
qui habitait aux environs. « Mes enfants, nous
« dit-il, j'ai été bien content de vous. Mais
« savez-vous ce qui m'a le plus satisfait ? ce sont
« les femmes. Je les ai médusées, elles n'ont
« pas giclé. (1) » Il disait vrai ; il avait fait ce
miracle de leur imposer silence à toutes.
« J'en ai subi bien d'autres, ajouta-t-il, depuis
« trente ans que je navigue, mais je ne me
« suis jamais vu plus près du plongeon final.
« Mauvais temps, mauvais charbon, mauvais
« bateau. Après ça, le meilleur ne vaut rien.
« L'homme fait ce qu'il peut, mais le Maître
« est là-haut. »

---

(1) Vieux mot français regrettablement disparu de
la langue, mais encore en usage dans certains cantons
du Midi, qui signifie pousser des cris aigus.

L'AGHA ET SARAH BERNHARDT

On sait que l'Empereur Napoléon III avait une vive sympathie pour les chefs arabes, qui le lui rendaient bien d'ailleurs, qu'il les choyait aimablement et volontiers les invitait à ses villégiatures. La forêt de Compiègne a vu souvent leurs rouges burnous flotter dans les chasses impériales. Ces grands personnages prirent à ces fréquentations du goût pour la France, et ils s'habituèrent à y venir faire des séjours en dehors de l'appel du chef de l'État. Quelquefois ils emmenaient avec eux un interprète à leurs gages, qui les pilotait dans Paris et avait pour charge principale de pourvoir à leur amusement.

Un agha bien connu que, pour la commodité du récit, j'appellerai Abdallah, nom qui n'était pas le sien, qu'il n'importe point de révéler, s'était ainsi adjoint un cicerone, dont il pouvait attendre toute sorte de services. Abdallah promenait son impassibilité voulue, qui n'était que le masque d'une curiosité très intéressée, en toute espèce de lieu, même les mauvais, dont il emporta un désagréable souvenir. Il allait parfois aux théâtres, quoiqu'il ne comprît pas un traître mot de ce qui se disait sur la scène, et avouât s'y ennuyer mortellement. Un soir on le conduisit à l'Odéon. C'était le moment de la grande vogue du *Passant*, et Sarah Bernhardt commençait à prendre son glorieux essor. Placé à l'orchestre, où il eut un certain succès de curiosité, Abdallah ne perdit pas un instant de vue Zanetto, qu'il trouvait infiniment plaisant. « Comment, dit-il en rentrant à son hôtel, « dans un pays où l'on voit tant de gens très « riches, ne s'est-il trouvé personne pour ôter « à la circulation ce joli jouvenceau et le gar-« der à soi tout seul ? Avec son affolant visage « et sa grâce enchanteresse, s'il allait à Stam-« boul, le grand vizir renverrait pour lui tout « son harem. » En vain son interlocuteur essaya de le détromper, il n'admettait pas que l'éphèbe qui jouait si amoureusement son

rôle fût un travesti. On lui montra des photo-
graphies de Sarah en femme, il croyait que
c'était une fantaisie de l'artiste. Il fallut la lui
montrer vivante, au dehors, sous les vêtements de son sexe. On le mit dans un fiacre
qui stationna devant la porte des artistes, au
moment où ils se rendaient au théâtre, et du
fond de sa voiture il put voir l'artiste entrer
avec une camarade. « Décidément, dit-il, votre
« civilisation est remplie de pièges et Paris
« est la capitale du mensonge. J'ai ren-
« contré des gens tout chamarrés de broderies
« d'or, constellés de décorations roulant
« carrosse et exhibant tous les dehors de l'opu-
« lence, qui cherchaient à m'emprunter de
« l'argent. J'ai vu de petits palais qui servaient
« à loger des chiens, avec des domestiques
« pour ces animaux, tandis que tout à côté des
« êtres humains couchaient en hiver sous le
« ciel nu et crevaient de faim. De toutes ces
« tromperies, ce n'est pas certes celle que
« vous venez de me dévoiler qui m'afflige le
« plus, mais elle m'offusque tout de même très
« particulièrement. Quoi ! ces gestes passion-
« nés, ces regards ardents, ces lèvres tendues
« pour le baiser vers la belle sultane brune
« n'étaient pas d'un adolescent amoureux, aux
« premiers prurits de la puberté ! Quel art
« magique d'illusion ! il faut bien croire que

« c'est une femme, puisque tout le monde le
« dit, qu'elle en porte le nom et les habits et
« se comporte comme telle, mais à sa nais-
« sance le diable lui a volé son sexe véritable.
« Ni devant, ni derrière, sur ce corps frêle et
« élégant, la main ne saurait trouver un mor-
« ceau de chair où se prendre. C'est une
« fumée, un Djinn, un ange... mais une
« femme ! je ne puis me faire à cette idée dé-
« cevante. Je ne veux plus voir cette ensorce-
« lante Zorah (forme arabe de Sarah), qui a
« mis à l'envers ma vieille cervelle. »

Il a été fait récemment dans un journal al-
lusion à cette anecdote, à propos de *Lorenzac-
cio*, nous la donnons dans sa simple et sincère
crudité. C'est par quelqu'un qui la tenait du
compagnon même de l'Agha que je l'ai entendu conter à la table de M. Du Bouzet, commissaire général du gouvernement de la Défense nationale en Algérie.

QUELQUES MILITAIRES

Pendant un séjour de douze années en Algérie, j'ai été fréquemment en relations avec des militaires de tout rang et de tout emploi ; je me suis trouvé surtout en rapport par mes fonctions avec les officiers des bureaux arabes. Ce n'était plus le temps de leur faveur ; on oubliait les services rendus par l'institution pour ne s'appliquer qu'à la décrier.

Guère plus qu'auprès de la population civile, ils ne trouvaient de chauds amis parmi leurs camarades des régiments, dont certains les jalousaient, et presque tous leur reprochaient de manquer vis-à-vis d'eux de bonhomie et de cordialité. Ces officiers étaient pour la plupart des hommes fort distingués et d'un

vrai mérite, mais, gâtés par l'exercice d'un
pouvoir à peu près sans contrôle, ils affec-
taient des airs de supériorité qu'on ne leur
pardonnait point. Quelques-uns se sont élevés
aux plus hautes situations de l'armée, d'autres
ont disparu obscurément, plusieurs tombèrent
au champ d'honneur.

Un des plus brillants fut le général Margueritte. Grand, vigoureux, de proportions par-
faites, vrai modèle d'Académie, de la plus
martiale figure et la physionomie ouverte, il
avait le double don de l'entrain et de l'autorité.
Cavalier sans pareil, les plus intrépides et les
plus habiles cavaliers arabes admiraient ses
audaces équestres. Il était superbe passant
comme un éclair en tête de ses escadrons
enlevés.

Yusuf — un Apollon chocolat — du plus
pur profil, le torse élégant, fantasiait de même
avec une grâce, une adresse, un brio incom-
parables. J'ai entendu tomber de sa bouche
cette mémorable parole : « Le soldat qui n'a
« pas sa soupe dans le ventre est un ros-
« sard », qu'il adressait au chef d'un détachement de passage auquel on avait fait une
distribution de vivres tardive, et il ne partit
point que la petite troupe ne se fût restaurée.
On connaît son aventureuse existence. Homme
de coup de main, il comptait à son actif de

beaux faits d'armes, mais sa bravoure à toute
épreuve constituait, disait-on, le plus clair de
ses qualités militaires.

J'ai approché quelquefois Chanzy, alors
colonel, commandant la subdivision de Sidi-
Bel-Abbès. Froid, méthodique, correct, très
soigné dans sa personne, surveillant sa tenue
et son langage, prompt à saisir les choses,
sachant s'exprimer avec précision et aussi, au
besoin, parler pour ne rien dire, on voyait
tout de suite en lui une nature heureusement
équilibrée, mais il avait plus les apparences
d'un diplomate que d'un soldat. Les personnes
de son entourage le jugeaient militaire de
valeur et d'avenir. C'était aussi l'appréciation
de Mac-Mahon, qui le désigna à Gambetta.

Je n'ai fait qu'entrevoir à Constantine le
général de Lacroix qui, le lendemain de son
arrivée de France, au sortir du déjeuner de la
Préfecture, monta à cheval pour courir contre
les tribus insurgées, qu'il châtia rudement.
De petite taille, mais de force herculéenne, il
courait une légende tragique de la solidité de
sa poigne. Visitant pour la première fois la
caserne du régiment de tirailleurs indigènes
dont il venait d'être nommé colonel, il frôla
un grand turco probablement ivre, qui ne le
salua point et le toisa d'un œil méprisant. Il
l'abattit d'un coup de poing. Le malheureux

tomba la mâchoire brisée et râlant. « Emportez cette charogne », dit le colonel, en le poussant du pied, et ce fut toute l'oraison funèbre du pauvre soldat. Cet acte inusité de vigueur inspira une respectueuse terreur dans les rangs, devant lesquels, lorsqu'ils paraissaient disposés à se mutiner, il n'avait qu'à se montrer pour que tout rentrât aussitôt dans l'ordre.

Le type de l'homme de guerre complet semblait réalisé dans la personne du maréchal Pélissier, dont le visage basané, couleur de nos vieux canons de bronze, portait le sceau visible du commandement. Mélange du soudard et du capitaine, trivial, affectant le débraillé, cynique, caustique, trop libre avec les gens, il s'exposait souvent à se faire manquer de respect, mais le signe de maîtrise empreint sur son front empêchait les familiarités.

L'année qui précéda sa mort, il fit une tournée dans les provinces. La municipalité de Milianah lui offrit un banquet. J'y assistais, séparé seulement de lui par un convive, et j'entendis toute sa conversation. Elle ne portait pas sur des sujets élevés. Mis en gaîté par la rencontre inopinée qu'il venait de faire d'une ancienne cantinière de l'armée, il conta avec une originalité piquante des histoires galantes du temps de sa jeunesse ; la mine était riche et il en tira beaucoup, mais ce qu'il dit ne saurait se répéter, tout l'intérêt en étant dans la verve du narrateur.

On sait que, pour arriver à son but, il ne reculait pas devant les sacrifices d'hommes ; mais il ménageait encore moins l'ennemi, et les grottes du Dahra, où il enfuma une centaine d'Arabes, attestent l'énergie de ses procédés.

Cependant cet homme de fer avait un cœur. Son aide de camp le plus affectionné devant Sébastopol, le commandant Cassaigne, fut tué au cours des opérations du siège. Pélissier suivit, impassible, les funérailles. Lorsqu'après la prise de Malakoff, il reçut la nouvelle de son élévation au maréchalat, il n'eut qu'un mot : « Et Cassaigne qui n'est pas là ! »

Bien différent était le maréchal de Mac-Mahon, le gentilhomme du maréchalat, qui le remplaça au gouvernement général de l'Algérie.

Il arrivait revêtu d'un prestige que n'ébranlèrent point les attaques passionnées de l'archevêque d'Alger, mais qu'affaiblit ensuite l'imprévoyance d'administrations, dont il était responsable, qui n'avaient pas su conjurer les désastres publiquement annoncés de la famine de 1867-68. Concentré et taciturne, ses

16

détracteurs jugeaient sa réserve avec une sévérité injuste. A la réception officielle du tribunal d'Oran, il répondit à la harangue du président par un petit discours fort bien tourné, mais dit avec des hésitations trahissant une timidité naturelle qui détonnait chez un personnage de cette envergure. Il possédait par contre en perfection l'art délicat de congédier. Ecoutant avec bienveillance et patience, quand il jugeait l'audience terminée, il avait un léger salut de tête, plein à la fois d'impérativité et de courtoisie, de tout à fait grand ton.

Ayant pour principe qu'un maréchal de France doit toujours être prêt à monter à cheval, à Alger il couchait tout habillé, l'épée sous son chevet.

Le général Deligny, commandant la division d'Oran, avait la plus belle tête militaire, très grand, élancé, souple, l'allure fière, un brun visage sévère sous de longs cheveux noirs, l'œil dominateur, la voix forte. Nullement communicatif, d'humeur plutôt sauvage, il vivait solitaire dans son Château-Neuf, n'ayant avec les fonctionnaires que des rapports de service et aucun avec la population. Il passait pour une capacité de premier ordre, et était en tout cas doué d'un talent supérieur d'écrivain. Il envoyait quelquefois à un journal dévoué,

naturellement sans les signer, mais on connaissait sa griffe, des articles de polémique
remarquables par cette *imperatoria brevitas*,
qui est le cachet du style lapidaire. Au moment
de la guerre il commandait les voltigeurs de la
garde. Le bruit courut qu'on devait lui con-
fier un corps d'armée composé des troupes
d'Afrique, et les officiers de la garnison se
félicitaient de marcher sous un tel général.
Quand ils surent la nouvelle fausse, ils éprou-
vèrent une déception qu'effaça seulement
la certitude d'avoir pour chef direct le maréchal Mac-Mahon.

Le général de Wimpffen, qui lui succéda à
Oran, était son antithèse vivante. Trapu, rou-
geaud, de mine réjouie, bavard, la poignée de
main facile, avide de popularité, il l'eût rapidement conquise sans les irrégularités de sa
vie privée, qui n'était pas du tout exemplaire,
et que la société oranaise, alors très prude, ne
lui passait point. Ses avances empressées ne
dégelaient pas les sympathies du public. Mais
quand on apprit, vers la fin d'août, qu'il était
appelé à l'armée, où il exercerait un commandement important, toute cette glace fondit.
On ne vit plus que l'homme qui allait combattre pour la France, et les cœurs lui revinrent
d'emblée. Le Conseil municipal lui donna un
punch, où de nombreux toasts se succédèrent.

Il prit à son tour la parole, qu'il maniait facilement, et s'exprima en termes vibrants ;
« Nos ennemis, dit-il, nous sont supérieurs
« par le nombre et l'armement, mais nous
« possédons des qualités militaires qu'ils
« n'ont point et qui compensent ces désavan-
« tages. Il ne faut donc pas se laisser abattre
« par les premiers revers. »

Il rappela l'effort de 92, entonna la Marseil-
laise, et je vis le moment où, grisé d'enthousiasme, il allait boire à la République. Quelqu'un ayant crié : Vive le maréchal Wimpffen !
« Trop tôt, dit-il, ce sera le cri de mon retour,
« si je reviens vivant; je rentrerai sur ou sous
« mon bouclier, mort ou victorieux » trouvant
ainsi la même formule que quelques mois plus
tard le général Ducrot, à qui elle fut si amèrement reprochée, « et cette main, ajouta-t-il,
« en levant le bras comme pour un serment,
« ne signera jamais de capitulation. » Plus
d'un témoin pourrait encore en déposer. Huit
jours après l'infortuné général signait celle
de Sedan. Le cœur du vieux brave dut cruellement souffrir, et son visage en porta jusqu'à
la mort la trace douloureuse. Dans les dernières années de sa vie, je l'ai quelquefois croisé sur les boulevards. Pauvre homme ! Malgré
l'agitation factice, qu'il se donnait pour échapper à des souvenirs déchirants, on sentait que

tous les ressorts de son être étaient brisés. Il ne portait plus la tête haute et souriante. Ses fortes épaules voûtées, le corps tremblant, il alla vers la tombe désolé et délaissé.

Par quel concours inouï de fatalités, de pareils hommes, adorés de leurs troupes, sûrs d'elles et d'eux-mêmes et qui étaient de si précieux instruments, ont-ils été impuissants à défendre leur pays envahi! C'est qu'il faut, pendant la paix, préparer la guerre. La Prusse s'en souvint, et y travailla sans relâche un demi-siècle; le Gouvernement français l'avait oublié dans l'enivrement continu de ses gloires passées.

MAGISTRATS ALGÉRIENS

Je ne veux ni ne dois fermer ce petit livre sans rendre un hommage mérité à ceux qui furent, pendant de longues années, mes collègues et mes chefs. On trouverait difficilement dans un corps une réunion aussi complète des qualités professionnelles que dans la magistrature algérienne que j'ai connue. Je ne prétends point que quelques-uns de ses membres n'aient parfois commis des incartades répréhensibles, mais sans gravité réelle, surtout des péchés de jeunesse, et l'ensemble était excellent. Ils n'étaient pas inamovibles, n'avaient en général que des fortunes médiocres, des traitements modestes, quelquefois insuffisants, et ils se trouvaient dans des milieux où la corruption se présentait sous toutes les formes, menaces, caresses, insinuations de toute nature. Je ne sache pas qu'aucun ait bronché.

L'amovibilité pouvait paraître un danger pour leur indépendance ; mais l'indépendance est dans le caractère et les habitudes plus encore que dans les fonctions, et ils l'ont en plus d'une occasion montré.

Nous passions pour une magistrature animée de sentiments politiques peu en accord avec les idées qui prévalaient, et en vérité il existait parmi nous un certain nombre de républicains, des républicains non d'opposition active, militants, ce qui n'eût pas été le fait de fonctionnaires loyaux, mais conservant, en les refoulant au fond de leur cœur, des aspirations vers un autre idéal. Dirai-je que le gouvernement impérial, qui le savait, ne nous en voulait point ?

Aucune révocation ou mesure de disgrâce motivée par la politique n'est intervenue à ma connaissance. On nous acceptait tels quels, sans inquiétude ni mauvaise humeur, parce que l'on avait confiance en notre serment, qui garantissait mieux notre fidélité que ne l'eût fait l'affection, celle-ci étant souvent changeante tandis que l'honneur ne transige

point, et que, d'autre part, en présence de
l'exaltation des opinions populaires, nous
paraissions par comparaison des conserva-
teurs. L'indigénat, loin de se plaindre, était
heureux de trouver dans notre justice impar-
tiale un exemple pour ses propres juges, et
l'élément Européen nous honorait de son
estime. On peut dire d'ailleurs que l'opposition était dans l'air en Algérie, imprégnant
invinciblement chacun de son souffle. Rien à
cet égard de plus démonstratif que le contraste
entre la liberté de la presse locale et le régime
imposé aux journaux métropolitains. Tout, ou
presque tout s'imprimait, et l'on en disait bien
plus encore, non en cachette et à voix basse,
mais dans la publicité des cafés.

Combien entendait-on d'officiers supérieurs,
tout acquis certainement à l'Empereur, qui, au
retour d'un voyage à Paris, où ils avaient eu
entrée aux Tuileries et fréquenté le monde
officiel, se délectaient à nous rapporter, je
dirai volontiers reporter, les hauts commé-
rages en circulation ! Les fonctionnaires civils
étaient à cet égard moins instruits, mais pas
plus discrets. Ce n'était ni de l'hostilité, ni de
la malveillance quelconque qui rendait ainsi
les langues intempérantes, mais l'air conta-
gieux de la liberté.

J'affirme que l'accomplissement du devoir

nous était rendu aisé par les dispositions que
nous rencontrions chez nos supérieurs hiérar-
chiques Certes les chefs du ressort étaient
des hommes dévoués à l'Empire, personnes et
institutions. Ils n'auraient point toléré une
attitude ouvertement incorrecte, mais jamais
ils ne cherchèrent en aucune manière à peser
sur nos consciences, à enchaîner notre liberté
par des faveurs, des promesses ou des façons
comminatoires, et les instructions qu'ils nous
donnaient peuvent se résumer en cette formule : Faites votre devoir. Ils faisaient mieux
que nous conseiller le devoir, ils nous en
donnaient l'exemple, en remplissant vis-à-vis
de nous le leur, qui était de nous soutenir
quand nous avions, pour obéir au nôtre,
encouru certaines animosités. Un jour, à la
suite d'un conflit avec le commandant de la
subdivision de Milianah, et qui avait donné lieu
à un échange de correspondances aigres entre
cet officier général et le juge de Paix, le
général Yusuf, qui commandait la division
et était un personnage fort considérable, prenant fait et cause pour son subordonné,
demanda mon déplacement; j'avais raison au
fond, le Procureur général me défendit et je
restai à mon poste. Il y avait là de la part du
chef du Parquet une manifestation d'énergie
qui déplut à l'autorité militaire, alors toute

puissante, et lui valut un temps sa froideur.

Ce Procureur général était M. Pierrey, devenu peu après premier président et décédé conseiller de cassation. Magistrat de carrière exclusivement algérienne, ayant débuté comme substitut et gravi successivement tous les échelons, il s'était particulièrement distingué par le réquisitoire habile et courageux qu'il prononça comme avocat-général dans le célèbre procès Doineau. C'était un homme droit, juste, bienveillant et paternel pour les magistrats placés sous sa direction, et d'une fermeté qui a été quelquefois méconnue parce qu'elle s'enveloppait des formes d'une urbanité rare et d'une finesse diplomatique. Il avait une réputation justifiée d'homme d'esprit, et on citait ses mots.

C'est lui qui, un jour de gala, au palais de Mustapha, où le maréchal Pélissier, qui laissait refroidir le dîner en contant des histoires à ses convives et disait à des magistrats de ses invités : « Ma famille voulait faire de moi « un robin. Qui sait ce que je serais devenu « dans la magistrature ? » On se permit de lui répondre : « Vous seriez certainement devenu Monsieur Troplong. » Ce calembour fit rire le maréchal, qui était lui-même homme d'esprit, et l'on passa dans la salle à manger.

M. Pierrey succéda comme premier président au vénérable et excellent M. de Vaulx, qui avait porté la parole devant le jury contre le prince Napoléon après l'échauffourée de Strasbourg. La Révolution de 1848 trouva M. de Vaulx procureur général à la Martinique. Le Gouvernement provisoire nomma à sa place M. Meynier, conseiller de la même Cour, qui fit immédiatement, et non sans brutalité, embarquer son prédécesseur. Lorsque M. de Vaulx vint prendre la présidence d'Alger, il y rencontra parmi les conseillers ce même M. Meynier. Mais le roi de France ne se souvint pas des injures du duc d'Orléans, et il le traita en collègue, c'est-à-dire amicalement. M. de Vaulx, appelé à la Cour de cassation, mourut à Paris pendant le siège.

Le procureur général installé après M. Pierrey fut M. Robinet de Cléry récemment décédé premier président honoraire de la Cour de Besançon, père de l'avocat et ancien magistrat bien connu. Très autoritaire, manquant de la douceur onctueuse de son prédécesseur, et même d'un caractère anguleux, M. Robinet de Cléry, n'en était pas moins que MM. de Vaulx et Pierrey profondément respectueux de l'indépendance des magistrats, et jamais il n'y eût porté ni souffert d'atteinte.

Sans doute nos supérieurs avaient des préférés, même des favoris, ce qui est très

humain, mais ils s'attachaient surtout à maintenir la bonne harmonie entre les membres
du corps, estimant que cette entente importait à sa dignité, et nous-mêmes, venus de
tous les points de la France, éloignés de nos
familles, nous nous appliquions à nous en
tenir mutuellement lieu. Avec de tels chefs et
de tels collègues, les rapports étaient ce qu'ils
devaient être, affectueux et loyaux, et je m'ho-
norerai toujours infiniment d'avoir appartenu
à cette compagnie.

TABLE DES MATIÈRES

	Pages
Considérations générales.	1
Drames passionnels, I.	2
II.	3
III.	36
IV.	37
V.	39
VI.	41
VII.	46
VIII.	52
IX.	56
X.	58
XI.	61
XII.	65
Affaires criminelles.	73
Crime de Vengeance. — Esclave musulman	75
Autre vengeance. — Un Prêtre algérien.	81
Rapts	85
Pudibonderie arabe.	90
Vols de chevaux. — Mousseline.	96
Renouvelé des Grecs.	103
Exécutions capitales.	110
I. Baptême *in extremis*.	112
II. La légende des têtes recousues.	115
III. El-Habib-Ben-Arbia.	119

	Pages
Un procès musulman.	135
Un procès civil musulman.	137
Divers.	157
I. Une affaire délicate.	159
Ivresse de sang.	166
I. Utilité de la lecture	173
Épisodes de la Famine de 1867-68.	183
Gendarmes. ·	194
Politesse arabe.	206
Médecins arabes	215
Débuts. — Tremblement de terre. — Un bienfait n'est jamais perdu. — I.	229
II	237
I. Un singulier témoignage de gratitude . . .	241
Cédilles mal placées.	247
Où le magistrat est sous la garde de l'inculpé.	250
Admirable et sublime. -- I.	260
II.	269
L'Agha et Sarah Bernhardt.	269
Quelques militaires	273
Magistrats algériens	281

Tours et Mayenne, imprimeries E. Soudée.

IMPRIMERIES E. SOUDÉE

TOURS ET MAYENNE

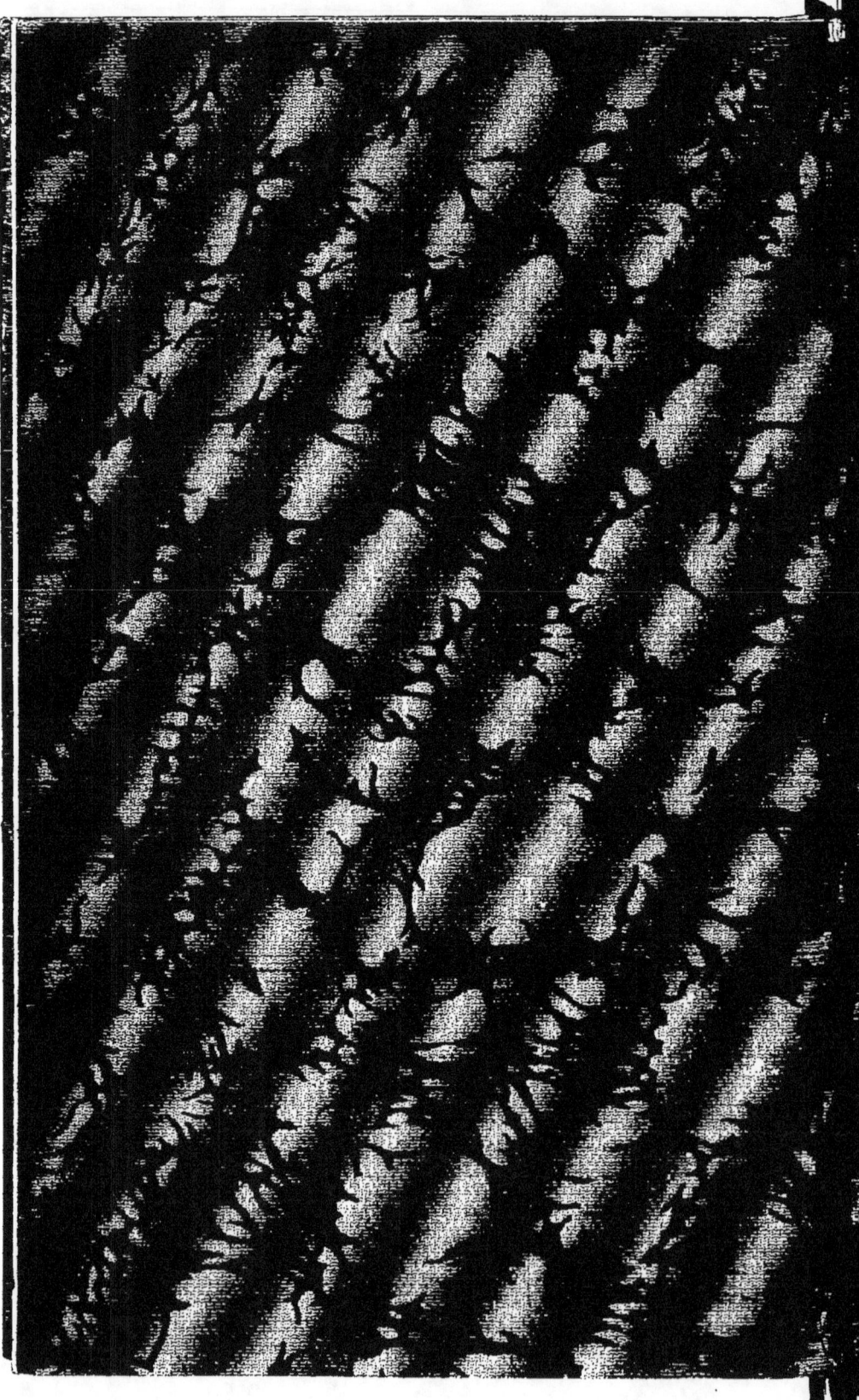